KB125299

탱고 찰리와
폭스트롯 로미오

THE JOHN VARLEY READER

탱고 찰리와
폭스트롯 로미오

YA
09

존 발리 소설

최세진 옮김

TANGO CHARLIE AND
FOXTROT ROMEO

아작

o   1986년 1월 소설집 《Blue Champagne》에 첫 수록

o   1992년 일본 세이운상 수상

서설

 이 소설에는 개가 많이 등장한다. 그 개들은 셰
틀랜드 쉽독인데, 나처럼 좋아하는 사람들은 '쉘
티', 전혀 모르는 사람들은 '미니어쳐 콜리', 어린아
이들은 "봐요, 엄마! 작은 래시예요!"라고 부른다.

 지금은 내가 어느 누구보다 오랜 시간 삶을 함
께 나눠온 살아 있는 영혼에 대해 몇 마디 하기에
좋은 때인 것 같다. 개들은 첫 번째 아내보다 오래,
내 아들들보다 오래, 부모님과 누이들과 집에서 함
께 살았던 시간보다 오래, 리와 함께 살았던 기간
보다 오래 함께 시간을 보냈다. 물론, 몇 년이 더

지나면 바뀌길 바라지만 말이다. 내가 사랑했던 쉘티 시로코에 대해 말하려 한다. 시로코는 지금까지 존재했던 개들 중 가장 훌륭한 개였다. 물론, 이것은 내 편견에 의한 의견이다. 그러나 우울하고 외로운 시간을 살아갈 가치가 있는 삶으로 만들어준 특별한 개에 대해 자랑스럽게 말하지 않는 사람이 있다면, 나로서는 그런 견주를 존중하지 않을 것이다.

시로코는 우리의 두 번째 쉘티였다. 첫 쉘티 푸샤는 마린 카운티에서 쉘티 여섯 마리를 기르고 있던 친구에게서 받았는데, 새로 태어난 강아지들을 시골집에 야생으로 풀어놓고 키웠다. 그 친구가 강아지를 사람들에게 나눠줬다. 푸샤는 11년 동안 살며 우리의 삶을 밝게 만들어줬는데, 어느 날 차 앞으로 뛰어들었다. 푸샤를 차로 친 여성이 수의사에게 데려갔지만 살려내지 못했다. 그 소식을 들었을 때 나는 로스앤젤레스에 있었는데, 베벌리 힐스 호텔의 폴로 라운지에서 영화 〈밀레니엄〉 제작진과 첫 회의를 하고 있었다. 나는 회의에 계속 참석할 수 없었고, 다들 이해해줬다.

시로코라는 이름은 당시 내가 집필 중이었던 《가이아》 3부작의 주인공 이름에서 따왔다. 나는 잘 운영되는 강아지 농장에서 시로코를 입양했는데, 주인집 거실에 있던 나에게 몰려든 수십 마리의 쉘티 강아지 중 한 마리였다. 이 작은 암컷은 가만히 뒤에 남아 있다가 다른 강아지들이 서로 놀기 시작하자 내게 다가왔다. 난 그 강아지에게 푹 빠져버렸다.

개 주인이 비웃었다. "그 녀석은 너무 하얘요. 다리와 목 부위에 흰색이 너무 많고, 엉덩이에도 작은 흰색 반점이 있어요. 그 녀석은 도태시킬 겁니다. 챔피언의 새끼인 순종견이지만, 중성화 수술을 하지 않으면 서류를 주지 않겠습니다." 너무 하얀 털을 가진 유전자는 썩은 나뭇잎처럼 유전자풀에서 쓸려나갔다. 너무 어리석다는 생각이 들었지만, 그렇게 말하지 않았다. 그러나 다른 개를 원할 경우엔 5, 6백 달러를 지불해야 하지만, 이 강아지는 150달러만 내면 되기 때문이었다.

개를 사육하는 사람들은 두 가지로 나뉜다. 품종 기준에 광적으로 집착하는 지구상에서 가장 까다

로운 사람이거나, 혈우병에 걸린 유럽 왕족이 잘생기고 건강하며 제정신인 것처럼 보일 정도로 선천적 결함이 있는 동물이 나올 때까지 닥치는 대로 근친 교배를 시키며 자기 이익만 좇는 착취자다. 나는 이 농장주가 첫 번째 유형인 것에 감사하기로 마음먹었다. 나는 그 개를 애견대회에 내보내거나 번식시킬 계획이 없었다.

다시 말하지만, 내게 편견이 있다는 것은 나도 안다. 그런데 애견대회에 꽤 많이 가봤으나, 몇 년 전 웨스트민스터에서 열린 대회에서 최고의 개에 올랐던 쉘티를 포함해, 시로코보다 멋진 털을 가진 쉘티를 본 적이 없다.

모든 강아지가 그렇듯 시로코는 장난기가 많았다. 나중에 자라서도 모든 행복한 개들이 그렇듯 놀이를 좋아했지만, 품위가 있었다. 부분적으로는 품종의 특성이었고, 부분적으로는 시로코의 성격 때문이었다. 시로코는 어린아이를 좋아하지 않았다. 아이들을 물지는 않았지만, 훌륭한 양치기 개가 양 떼를 몰듯 아이들을 몰아서 둥글게 모아 현

관문 밖으로 밀어내려는 경향이 있었다. 시로코는 낯선 사람들을 잘 따르지 않았지만, 치즈 한 조각이나 감자칩을 조심스럽게 받아먹고 나면 나중에 좀 더 달라고 다가갔다. 누군가 말했듯이 개의 종교는 음식이다. 시로코도 다른 개들과 마찬가지로 같은 제단을 섬겼지만, 그러기 전에 먼저 상대를 알아야 했다.

시로코를 처음 데려왔을 때, 우리는 유진시가 내려다보이는 언덕 위의 큰 집에서 살고 있었다. 울타리가 쳐진 뒷마당은 45도 각도로 기울어져 있었다. 시로코는 온종일 뒷마당의 담쟁이덩굴을 사이로 올라갔다가 내려오며 놀다가, 나무 울타리에 난 세 개의 옹이구멍 앞에 멈춰서서 이웃집 셰퍼드를 염탐하곤 했다.

시로코가 살아 있는 동안 낑낑거리는 소리를 한 번도 들어본 적이 없었다. 날카로운 통증이 있을 때만 새된 소리를 낼 뿐이었다. 어느 밤에 시로코가 고통스럽게 울부짖는 소리가 들렸다. 뒷문을 열었더니, 시로코는 뭔가 나쁜 짓을 한 것처럼 내

쪽으로 슬금슬금 다가왔다. 얼굴이 피로 범벅된 상태였다. 자기 먹이를 훔쳐먹은 너구리를 쫓아갔던 것이었다. 아무도 시로코에게 너구리를 공격하려면 반드시 함께 공격할 아군이 있어야만 한다는 사실을 말해주지 않았던 것이다. 시로코는 얼굴에 상처를 입어 피를 흘렸고… 뒷다리의 뒷부분에 네 군데나 깊게 물렸다. 결론: 시로코는 너구리를 잡아 얼굴 부분을 한 대 갈겨주고는 몸을 돌려 도망쳤다. 나라도 그랬을 것이다. 시로코는 싸움꾼이 아니라 애교꾼이었다.

한번은 시로코가 미친 모험심에 휩싸여 울타리 밑을 파고 세상 구경을 나갔다가, 곧바로 길을 잃어버렸던 적이 있었다. 나는 개를 찾아 미친 듯이 동네를 돌아다니다가, 유기견 보호소에서 작은 검둥개와 즐겁게 놀고 있는 시로코를 발견했다. 시로코는 나를 보자마자 비참하고, 후회하고, 겁에 질린 표정을 지었다. 아카데미 상을 받아도 될 만한 연기력이었다. 케이지에 꽂혀 있는 카드에는 "귀엽다, 다정하다, 돌봄을 잘 받았음, 누군가의 소중한 아기"라고 적혀 있었다. 당연하다. 비용을 지불하러 갔더니, 벌써 입양하려는 대기자가 꽤 많았다.

시로코 이야기는 수천 가지도 해줄 수 있고, 이 책을 아예 시로코에 관한 이야기로 가득 채울 수도 있다. 혹시 시로코에 대해 더 알고 싶으면, 내 웹사이트에 시로코 페이지가 있고, 사진도 올려놨다.[*] 혹시라도 당신이 지금껏 본 쉘티 중 가장 아름답다고 생각되지 않거든 나에게 말해달라.

결국 모든 것은 죽음으로 귀결된다. 개들은 우리만큼 오래 살지 않고, 보통 우리가 더 오래 산다. 그 반대보다는 이게 더 나은 것 같다. 우리가 먼저 죽으면 누가 그 개들을 돌보겠는가?

열아홉 살 반의 나이에도 시로코는 여전히 아름다웠다. 앉아 있는 모습만 보고는, 시로코가 거의 앞을 보지 못하고, 반쯤 들리지도 않으며, 관절염으로 혼자서는 일어설 수 없을 정도로 몸이 불편하다는 사실을 알기 힘들었다. 시로코가 일어나지

* http://varley.net/about/cirocco

못해 오물 속에 누워 밤을 보낸 후, 우리는 때가 되었다고 판단했다. 시로코에게 맛있는 음식을 먹이고, 공원에서 마지막 산책을 시켰다. 공원에서 시로코는 거의 보이지 않는 것들을 흥미롭게 바라보며 약간씩 비틀거리며 걸었다. 그 후 우리는 시로코를 동물병원으로 데려갔다. 병원에서는 몇 초 만에 죽는 안락사 주사를 놓아주었다. 고통의 흔적은 보이지 않았다.

그 동물병원에는 많은 고통이 있었지만, 시로코의 고통은 아니었다.

시로코의 유골은 후드 리버 밸리의 사과 과수원에 뿌렸다. 지구상에서 가장 아름다운 곳 중 하나였다.

이 소설을 다시 읽으면서, 당시 내가 어떻게든 시로코의 죽음을 대할 마음의 준비를 하고 있던 건 아니었는지 궁금해졌다. 내가 정말로 그런 마음의 준비를 했었는지는 모르겠지만, 효과가 없었다. 여전히 매일 시로코가 그립다.

탱고 찰리와
폭스트롯 로미오

1

탱고 찰리의 바퀴에서 10킬로미터 떨어진 곳에서 경찰 탐사기가 기이한 사체와 마주쳤다. 그렇게 떨어진 거리에서도 바퀴는 여전히 위풍당당한 존재로서, 영원한 햇살을 받아 어두운 하늘을 배경으로 하얗게 빛나며 회진했다. 바퀴가 수많은 창문을 통해 가지각색의 방식으로 햇빛을 받아들이는 모습을 보면서, 탐사기는 종종 그 아름다움에 감동했다. 탐사기가 바퀴의 아름다움이라는 주제로 시를 쓰고 있을 때, 그 사체가 포착되었다.

탐사기에는 상당히 아이러니한 점이 있었다. 지

름이 1미터가 채 되지 않는 이 탐사기에는 민감한 레이더와 매우 뛰어난 가시광선 카메라가 있었지만, 인식 능력은 흐리멍덩했다. 탐사기의 지각 능력은 실험실에서 배양한 호두 크기의 인간 뇌 조직 덩어리에서 나왔다. 이것은 기계에 인간의 특성을 부여하는 가장 저렴하고 간단한 방법으로서, 첩보 장치에 종종 유용하게 사용됐다. 인간이 아름다운 사물을 감상할 때 사용하는 뇌 부위가 사용되었다. 탐사기는 감시 활동을 하는 내내 끝없이 아름다운 꿈을 꾸었다. 이 사실은 탐사기의 제어 컴퓨터 외에는 아무도 몰랐으며, 컴퓨터는 어느 누구에게도 말하지 않았다. 그러나 컴퓨터는 그게 꽤 사랑스럽다고 생각했다.

탐사기가 따라야 할 지침이 꽤 많았는데, 그 지침들을 종교적으로 따랐다. 바퀴에 5킬로미터 이상 접근하면 안 되었다. 바퀴에서 나온 물체 중 1센티미터보다 큰 것은 모두 추적해서 붙잡아 조사해야 했다. 특정한 범주는 상급 기관에 보고해야 했다. 그 외의 모든 물체는 탐사기의 소형 레이저

장치로 기화시켜야 했다. 30년의 관측 동안 보고해야 했던 물체는 열두 개에 불과했다. 모두 회전의 원심력으로 인해 떨어져 나간 바퀴의 대형 부품들로 밝혀졌다. 각 부품은 500킬로미터 떨어진 기지에 있는 탐사기의 큰형이 파괴했다.

탐사기는 그 사체에 접근하자마자 무엇인지 바로 알아봤다. 그것은 태아의 자세로 얼어붙은 사체였다. 탐사기의 조사는 그 지점에서 더 나아가지 못했다.

사체의 많은 세부 사항이 허용 가능한 매개 변수와 맞지 않았다. 탐사기는 사체를 다시 조사하고, 또 조사했지만, 여전히 받아들일 수 없는 답이 나왔다. 그 사체가 무엇인지 알 수 없었다…. 하지만 그래도 그것은 사체였다.

탐사선은 그 사체에 너무 매료되어 한동안 주의가 흐트러지는 바람에 지난 몇 년 동안 유지하던 경계심이 늦춰졌다. 그래서 두 번째 낙하 물체가 탐사기의 금속의 표피에 부딪혔을 때, 전혀 대비하지 못한 상태였다. 탐사기가 재빨리 카메라를 두 번째 물체에 맞췄다. 그것은 긴 줄기가 달린 붉은 장미였는데, 한때 바퀴의 꽃집에서 번성했던 종류였다. 사체와 마찬가지로 단단하게 얼어붙어 있었다. 탐사기와의 충돌로 바깥쪽 꽃잎 일부가 부서져 마치 후광처럼 장미 주위를 천천히 회전하고 있었다.

그 모습이 대단히 매력적이었다. 탐사기는 이 모든 일이 끝나면 장미에 대한 시를 쓰기로 다짐했다. 탐사기는 장미를 촬영한 후 지침에 따라 레이저로 기화시켰다. 그리고 장미의 사진과 사체의 사진, 그리고 절망적인 외침을 전파를 통해 보냈다.

"도와주세요!" 탐사기가 울부짖었다. 그리고 물러앉아 새로운 소식을 기다렸다.

"강아지라고?" 호퍼 지서장이 한쪽 눈썹을 치켜뜨며 의아한 말투로 물었다.

"셰틀랜드 쉽독 강아지입니다, 지서장님." 안나 루이스 바흐 경장이 지서장에게 괴상한 궤도를 도는 물체의 홀로그램과 부서진 장미의 단독 영상을 내밀며 말했다. 지서장이 담배 파이프를 피우며 영상들을 건네받아 빠르게 훑어봤다.

"탱고 찰리에서 나온 건가?"

"의심할 여지가 없습니다, 지서장님."

안나 경장은 상관이 앉아 있는 책상 맞은편에 열중쉬어 자세로 서서 무심한 눈빛을 유지했다. 나는 명령을 기다릴 뿐이다, 라고 속으로 생각했다. '나는 자기 의견이 없다. 훌륭한 신참이라면 당연히 그래야 하는 법이다. 나는 정보가 넘쳐나지만, 요청이 있을 때만 정보를 제공하고, 그만하라는 요청이 있을 때까지 쏟아낼 것이다.'

아무튼 이론상으로는 그랬다. 안나 경장은 그런 일에 능숙하지 않았다. 안나는 상사의 무능함에 대해 유머러스하게 표현하지 못했던 어리석은 언행 때문에 지금 이 자리에 배정되었으며, 뉴드레스덴 경찰서에서 최고령 신참/수습생이라는 타이틀을 놓고 경쟁을 벌이는 처지가 되었다.

"셰틀랜드…."

"쉽독입니다, 지서장님." 안나가 지서장을 흘끗

내려다보았다. 그리고 지서장이 파이프를 움직이자, 더 많은 정보를 원한다고 해석했다. "그 개는 스코틀랜드 셰틀랜드 제도에서 발생한 콜리의 변종입니다. 일하는 개로서 매우 영리하고 온순하며 아이들과 잘 어울립니다."

"자네가 개에 대한 전문가인가, 안나 경장?"

"아닙니다, 지서장님. 개는 동물원에서만 봤습니다. 지서장님께 보고드리기 전에 제가 직접 조사해봤습니다."

지서장이 고개를 끄덕이자, 안나는 좋은 징조라는 희망을 가졌다.

"또 무엇을 알아냈나?"

"셰틀랜드 쉽독은 세 가지 종류가 있습니다. 검은색, 청회색, 흑갈색. 아이슬란드와 그린란드 품종에서 콜리와 스패니얼 유전자가 혼합되어 발생했습니다. 1906년 런던에서 열린 크루프트 박람회에서 표본이 처음 공개되었고, 미국에서는…."

"아니, 아니. 난 쉘티에는 관심 없어."

"아, 재난 당시 탱고 찰리 우주정거장에 쉘티가

네 마리 있었다는 사실을 확인했습니다. 그 개들은 클라비우스의 동물원으로 운송하던 중이었습니다. 우주정거장에 다른 품종의 개는 없었습니다. 참사의 조사 과정에서 쉘티의 생존을 어떻게 감독했는지는 확인되지 않았습니다."

"누군가가 놓친 게 분명해."

"네, 그렇습니다."

호프가 담배 파이프로 홀로그램을 쿡쿡 찌르며 말했다. "저건 뭐지? 저게 뭔지 조사해봤나?"

안나는 비꼬는 말이 생각났지만 자제했다. 호퍼 지서장은 동물 옆구리의 구멍을 가리키고 있었다.

"컴퓨터는 그게 선천적인 결함이라고 판단했습니다. 피부가 완전하게 형성되지 않아서, 장에 구멍이 난 상태였습니다."

"그러면 이건 뭐야?"

"내장입니다. 암캐가 강아지를 낳은 후 깨끗이 핥았을 것입니다. 그리고 이 기형을 발견하고는 피맛이 날 때까지 핥아서, 내장이 빠져나오고 강아지는 죽었을 것입니다."

"어차피 못 살았을 거야. 그 구멍 때문에."

"네, 그렇습니다. 보시다시피 앞발도 기형입니다. 컴퓨터는 강아지가 사산된 것 같다고 합니다."

담배 파이프에서 푸르스름한 연기가 뭉게뭉게 피어올랐다. 호퍼 지서장은 담배 연기 속에서 다양한 홀로그램을 살펴보다가 한숨을 뱉으며 의자에 기대앉았다.

"정말 흥미롭군, 안나 경장. 오랜 세월이 지난 지금까지도 탱고 찰리에 개들이 살아 있었어. 게다가 번식까지 하고 있었다는 거잖아. 그 사실을 보고해 줘서 고마워."

이제 안나가 한숨을 뱉을 차례였다. 이 부분이 싫었다. 지서장에게 설명하는 것이 안나의 일이었다.

"그보다 훨씬 더 흥미로운 사실이 있습니다, 지서장님. 저희는 탱고 찰리가 대체로 가압된 상태를 유지하고 있다는 사실을 알고 있습니다. 그래서 바퀴에서 개 무리가 번식할 수 있다는 것도 이해할 수 있습니다. 하지만 대량의 잔해가 주변 공간으로 퍼지는 폭발이 발생한 게 아니라면, 죽은 강아지는 에어록을 통해 우주정거장 바깥으로 내보내졌을 겁니다."

지서장의 얼굴이 혼란스럽게 변하더니 안나 경장을 분노에 찬 표정으로 노려봤다.

"지금 그러니까 자네 말은… 탱고 찰리에 인간이 살아남았다는 거야?"

"지서장님, 그럴 수밖에 없습니다…. 그렇지 않다면 거기에 아주 영리한 개가 있다고 가정해야 합니다."

★

개는 숫자를 세지 못한다.

찰리는 영원의 끝자락에 무릎을 꿇고 앉아, 소용돌이치는 별들 사이로 빠르게 작아지는 어린 앨버트를 바라보면서 계속 혼잣말을 했다. 찰리는 앨버트도 별이 될지 궁금했다. 가능할 것 같았다.

찰리는 앨버트 뒤로 장미를 떨어트리고, 그 장미도 작아져 가는 모습을 지켜봤다. 어쩌면 장밋빛 별이 될지 모른다.

찰리가 목을 가다듬었다. 할 말이 생각났지만, 어

떤 것도 좋게 들리지 않았다. 그래서 자신이 알고 있는 유일한 찬송가를 부르기로 마음먹었다. 오래 전에 엄마에게 배웠는데, 엄마는 우주선 조종사였던 아버지를 위해 이 노래를 부르곤 했다. 찰리의 목소리는 맑고 진실했다.

주여, 하늘 위 당신의 거대한 진공을 통해
날아다니는 모든 이들을 지키고 인도하소서.
모든 비행에 함께 하소서
빛나는 낮이든 어두운 밤이든.
아, 우리의 기도를 들으시고,
우주 깊은 곳 위험에 처한 이들에게 은혜를 베푸소서.

한동안 찰리는 말없이 무릎을 꿇고 있었다. 과연 신이 듣고 있을지, 그리고 찬송가가 개에게도 좋을지 궁금했다. 앨버트가 진공 속을 날아가고 있는 건 확실하므로, 은혜를 받을 자격이 있을 것 같았다.

찰리는 바퀴의 가장 바깥쪽, 가장 아래층의 뒤틀린 금속판 위에 앉아 있었다. 바퀴는 중력이 없지만,

회전하고 있었기 때문에, 바깥쪽으로 내려갈수록 무겁게 느껴졌다. 금속판 바로 너머는 진공이었다. 바퀴의 바깥 외피가 20미터나 찢어진 구멍이 있었다. 바퀴의 이 부분은 오래전에 발생한 폭발로 금속이 뒤틀린 탓에, 굳이 걸어야만 한다면 조심해서 다녀야 하는 곳이었다.

찰리가 다시 에어록으로 돌아갔다. 에어록 안으로 들어가 바깥문을 밀폐했다. 찰리는 그렇게 밀폐하는 게 소용없으며, 바깥에는 진공밖에 없다는 것을 알았지만, 그래야만 한다는 생각이 매우 강하게 들었다. 문을 통과한 뒤에는 반드시 문을 잠근다. 단단히 잠근다. 그러지 않으면, 한밤중에 숨을 빨아들이는 놈에게 잡아먹힌다.

찰리는 몸을 부르르 떨고 다음 에어록으로 갔다. 그 에어록 역시 지나온 것과 마찬가지로 진공 상태였다. 마침내 다섯 번째 에어록을 지난 후 약간 쌀쌀하긴 해도 숨을 쉴 수 있는 작은 방에 들어섰다. 찰리는 한 번 더 에어록을 통과한 후에야 과감하게 헬멧을 벗었다.

찰리의 발치에 커다란 플라스틱 상자가 있었다. 그리고 그 안에는 피 묻은 담요 조각 위에 불안정하게 누워 세상에 불만을 가진 표정을 짓고 있는 강아지 두 마리가 있었다. 찰리는 강아지를 양손에 한 마리씩 들고 만족스러운 얼굴로 고개를 끄덕였다. 강아지들은 불만스러운 표정을 풀지 않았다.

찰리는 강아지들에게 뽀뽀하고 상자에 다시 집어넣었다. 상자를 옆구리에 끼고 또 다른 문 앞으로 갔다. 그 문을 발톱으로 긁는 소리가 들렸다.

"앉아, 푸샤." 찰리가 소리쳤다. "앉아, 어미 개." 문을 긁는 소리가 멈추자, 찰리가 마지막 문을 열고 들어갔다.

'찰리 우주정거장의 푸샤'는 지시대로 앉아 있었지만, 귀를 쫑긋 세우고 고개를 곧추세워 어미 개만이 할 수 있는 집중력으로 눈을 부릅뜨고 경계했다.

"다 데려왔어. 푸샤." 찰리가 말했다. 찰리는 한쪽 무릎을 꿇고 푸샤가 상자 가장자리에 발을 올려놓을 수 있도록 해줬다. "봤지? 저기에 헬가, 저기에 콘래드, 저기에 앨버트. 그리고 저기는 콘래드와 헬가. 하나, 둘, 셋, 넷, 백열아홉, 그리고 여섯을 더하면 스물일곱. 맞지?"

푸샤가 미심쩍은 눈으로 쳐다보다가 한 마리를 들어 올리려고 고개를 숙였지만, 찰리가 밀어냈다.

"내가 들고 갈게." 찰리가 말했다. 그리고 둘은 어두운 복도를 따라 걸어갔다. 푸샤는 상자에서 눈을 떼지 않은 채 강아지들이 보고 싶어 낑낑거렸다.

★

찰리는 바퀴의 이 부분을 늪지대라고 불렀다. 이곳에는 오래전에 문제가 생겼는데, 시간이 지나며 더욱 안 좋아졌다. 찰리는 그게 폭발로 시작되었다고 생각했지만, 폭발은 '사람들이 죽어간 사건'의 간접적인 결과였다. 폭발 때문에 중앙 파이프와 전선이 끊어졌다. 복도에 물이 고이기 시작했다. 배수 펌프 덕분에 가망 없는 상황으로 가는 것은 막았다. 찰리는 여기에 자주 오지 않았다.

최근 늪지대에서 식물이 자라기 시작했다. 시체

처럼 하얗거나, 치석처럼 누렇거나, 버섯처럼 회색인 흉측한 것들이었다. 빛이 거의 들지 않았지만, 식물들은 상관하지 않는 것 같았다. 찰리는 가끔 그것들이 정말로 식물이 맞는 건지 궁금했다. 한번은 물고기를 본 것 같은 생각이 들었다. 물고기는 하얗고 눈이 멀었다. 어쩌면 두꺼비였을지도 모른다. 찰리는 그것에 대해 생각하고 싶지 않았다.

찰리는 한쪽 옆구리에 강아지 상자를, 다른 쪽 옆구리에 헬멧을 끼고 물을 철벅거리며 걸었다. 푸샤는 슬픈 얼굴로 찰리를 따라 펄쩍펄쩍 뛰어갔다.

마침내 그들은 물에서 빠져나와, 찰리가 훨씬 잘 아는 지역으로 돌아왔다. 오른쪽으로 돌아 계단으로 세 층을 올라갔다. 올라가면서 층마다 고리를 걸어 잠갔다. 그리고 산책 갑판으로 들어갔다. 찰리는 그곳을 집이라 불렀다.

전등의 절반 정도는 꺼진 상태였다. 카펫은 구겨지고 퀴퀴한 냄새가 났으며, 찰리가 자주 걸어다니는 곳은 닳아서 해졌다. 벽의 일부는 물때로 얼룩졌고, 나병에 걸린 것처럼 군데군데 곰팡이가 자라고 있었다. 찰리는 옛날 사진을 들여다보거나, 지금처럼 시설이 그대로 보존된 층에 갔다가 올라올 때가 아니면, 여기가 얼마나 지저분한지 거의 인식하지 못했다. 오래전에는 찰리도 이 지역을 깨끗이 유지하려 노력했었다. 하지만 어린 소녀가 혼자 살기에는 공간이 너무 컸다. 현재 찰리는 집안일을 자신이 사는 거주 공간으로 한정했고, 여느 어린 소녀들처럼 때로는 청소해야 한다는 사실을 잊어버리곤 했다.

찰리는 우주복을 벗어 항상 보관하던 사물함에 넣었다. 복도의 완만한 곡선을 따라 조금 더 걸어가면 특실이 나왔다. 거기가 찰리의 방이었다. 찰리가 방으로 들어가자 푸샤가 바로 뒤에서 따라 들어갔다. 벽에 높게 설치되어 오랜 시간 잠자고 있던 카메라가 덜덜거리며 살아났다. 빨간 눈이 깜빡거리며 켜지고, 거치대 위에서 흔들거리며 돌았다.

★

안나 루이스 바흐 경장은 어두운 모니터실로 들어가 다섯 계단을 올라갔다. 그리고 뒤쪽에 있는 자신의 사무실로 가서 자리에 앉아 책상 위에 맨발을 올렸다. 휙 던진 군모가 발에 걸리자 한가롭게 빙글빙글 돌리다가, 양손 깍지를 끼어 턱을 바치고 생각에 잠겼다.

C 경비대에서 안나의 부사수인 스타이너 경장이 올라오더니 의자를 가까이 당겨 안나 옆에 앉았다.

"어때요? 어떻게 됐어요?"

"커피 마실래?" 안나가 스타이너에게 물었다. 스타이너가 고개를 끄덕이자, 안나가 의자 팔걸이에 있는 단추를 눌렀다. "당직실로 커피 두 잔 가져와. 잠깐만…. 그냥 커피포트와 머그잔 두 개 가져다줘." 안나는 발을 내리고, 스타이너를 향해 고개를 돌렸다.

"저기에 사람이 타고 있어야 한다는 사실을 지

서장이 이해했어."

스타이너가 얼굴을 찡그렸다. "경장님이 단서를 줬죠?"

"글쎄, 난 에어록에 대해서만 말했어."

"그렇죠? 그렇게 말해주지 않으면 절대로 몰랐을 겁니다."

"그래. 그럼 비긴 걸로 하자."

"그래서 위대한 지서장께서는 어떻게 하시자던가요?"

안나는 터져 나오는 웃음을 참지 못했다. 호퍼 지서장은 해부도가 없으면 자기의 왼쪽 불알도 못 찾는 인간이었다.

"지서장은 빨리 결정을 내렸어. 즉시 우주선을 한 척 보내 생존자를 찾고, 최대한 빨리 뉴드레스덴으로 데려오도록 지시했어."

"그러면 안나 경장님이 지서장에게…."

"…30년 동안 어떤 우주선도 탱고 찰리에 5킬로미터 이내로 접근하지 못했다고 상기시켜드렸지. 게다가 우리 탐사기는 작고 느리기 때문에, 근처에서 조심스럽게 작전을 수행해야 하고, 선을 넘으면 파괴될 수 있다고 알려드렸어. 지서장은 독일 공군 본부에 연락해서 순양함을 요청할 준비를 했어. 그래서 내가 이렇게 지적해드렸지. 첫째, 우리는 이미 독일 방송협회와 상호 협정에 따라 로봇 순양함을 기지에 주둔시키고 있으므로, 둘째, 더 이상의 지원이 없어도 탱고 찰리를 완벽하게 격파할 수 있다. 그러나 셋째, 그런 전투는 탱고 찰리에 타고 있는 모든 사람을 죽일 수 있다. 그러나 넷째, 설령 우주선이 탱고 찰리까지 접근할 수 있더라도, 그렇게 하지 않는 이유가 매우 많다."

에밀 스타이너가 움찔하며 머리 아픈 시늉을 했다.

"안나 경장님, 지서장에게 그런 식으로 정보를 나열하면 안 됩니다. 설령 그렇게 하더라도, 절대로 네 번째까지는 말하지 마세요."

"왜 안 돼?"

"왜냐하면 지서장에게 잔소리하는 거잖아요. 그런 말을 할 수밖에 없는 상황이라면, 일련의 선택 사항으로 만들어주세요. '틀림없이 이미 다 아시겠지만, 만반의 준비를 하실 수 있도록 제가 목록을 작성해드리겠습니다, 지서장님.'"

안나는 스타이너의 말이 옳다는 것을 알면서도 얼굴을 찌푸렸다. 안나는 참을성이 너무 부족했다.

커피가 도착했다. 그들이 커피를 따르고 첫 모금을 마시는 동안, 안나는 커다란 모니터실을 둘러봤다. 여기까지 오게 된 것도 참을성이 없었던 탓이었다.

어떤 면에서는 상황이 더 나빠질 수도 있었다. 여기 업무는 괜찮은 것 같았다. 안나는 경비대에서 선임 신참/수습생으로서 다른 30명의 신참/수습생을 지휘했고, 계급은 경장이었다. 근무 조건도 괜찮았다. 깨끗하고, 첨단 기술이 적용된 환경, 낮은 직무 스트레스, 잠깐이긴 해도 지휘할 기회 등. 심지어 커피 맛도 좋았다.

하지만 여기가 막다른 골목이라는 것은 모두가 알고 있었다. 많은 신참이 더 중요하고 명성 있는 임무로 옮겨가기 전에 한두 해 정도 맡는 직무로

서, 통상적인 진급 과정의 일부였다. 신참/수습생이 5년 동안 모니터실에 머물러 있으면, 심지어 당직 근무를 하고 있을 때도 누군가가 전언을 보냈다. 안나는 자신을 왜 여기에 보냈는지 이해하고, 이미 오래전에 문제를 깨달았다. 하지만 할 수 있는 게 없는 것 같았다. 안나는 다른 사람의 속을 심하게 긁는 성격이라서 통상적인 진급 과정을 올라가기 힘들었다. 안나는 어디에 배치되든 얼마 지나지 않아 어떤 식으로든 지휘관의 분노를 샀다. 안나는 연례 평가에서 공공연히 부정적인 점수를 받기에 너무도 적합한 사람이었다. 그런 보고서가 작성되는 방식, 좋은 점을 언급하지 않고 넘어가기, 기분이 상한 보고 장교 등…. 그 모든 사항이 부정적인 평가를 더욱 안 좋게 만들었다.

그렇게 해서 안나는 여기 항해추적 센터로 왔다. 경찰 역할이라고 보기는 힘들지만, 뉴드레스덴 경찰서에서 100년 동안 처리해왔고, 앞으로도 100년 동안 처리할 업무였다.

필요한 업무였다. 쓰레기 수거가 꼭 필요한 업

무인 것처럼 말이다. 그러나 이것은 안나가 10년 전에 경찰이 될 때 지원하려던 일이 아니었다.

10년이라니! 젠장, 정말 긴 시간처럼 들린다. 전문적인 길드는 어디든 들어가기 힘들지만, 뉴드레스덴에서 평균적인 견습 기간은 6년이었다.

안나는 커피잔을 내려놓고 핸드 마이크를 들었다.

"탱고 찰리, 여기는 폭스트롯 로미오다. 내 목소리가 들리는가?"

안나가 귀를 기울였지만, 쉭쉭거리는 배경음만 들렸다. 안나의 부대는 가능한 모든 채널을 통해 동일한 메시지를 전달하려 했지만, TC-38이 운영되던 시절에는 이게 주 채널이었다.

"탱고 찰리, 여기는 폭스트롯 로미오다. 응답하라."

다시 아무런 반응이 없었다.

스타이너가 자신의 컵을 안나 경장의 컵 옆에 놓고, 자기 의자에 편하게 앉았다.

"그래서 지서장은 그 이유가 뭔지 기억하던가요? 왜 우리가 탱고 찰리에 접근할 수 없는지?"

"결국 기억해냈어. 그리고 첫 번째 조치로 이 사

건 전체에 최우선 보안 등급을 부여했어. 정부가 자신을 지지해줄 거라 확신하더라."

"그 부분은 확인했습니다. 약 20분 전에 경보가 왔어요."

"내 판단에는 지서장이 그 전언을 보내도 해가 되지 않을 것 같았어. 지서장은 뭔가를 해야 했거든. 그리고 나라도 그렇게 했을 거야."

"사진이 도착하자마자 경장님이 이미 그렇게 전언을 보냈잖아요."

"나한테는 그럴 권한이 없다는 거 알잖아."

"안나 경장님. 그 눈빛으로 '이 개자식들아, 그 사실을 누구한테든 일러바치면, 혀를 잘라서 아침 식사로 먹어 치울 거야.'라고 말씀하시면…. 뭐, 사람들이 듣죠."

"내가 그렇게 말했다고?"

"바로 그런 말투예요."

"다들 나를 너무 사랑하는 게 놀랍지도 않네."

안나는 한참을 생각에 잠겨 있었는데, 클로신스키 신참/수습생 3급이 빠른 걸음으로 계단을 올라와 안나의 사무실로 왔다.

"안나 경장님, 드디어 뭔가를 찾아냈습니다." 클로신스키가 말했다.

안나가 책상 건너편의 벽에 있는, 3백 개가 넘는 평면 모니터로 이루어진 거대한 반원형 화면을 바라봤다. 화면 아래에는 경비대원들이 각각의 책상/단말기에 앉아 있었는데, 각 자리에는 모니터링할 수 있는 십여 개의 작은 화면들이 있었다. 대부분의 대형 화면에는 항해 추적 레이더와 카메라, 컴퓨터가 모니터링하는 수백만 개의 물체에서 수집한 일반적인 데이터가 표시되었다. 하지만 그중 4분의 1은 아무것도 움직이지 않는 텅 비고 구부러진 복도들과 움직임이 없는 방들을 보여줬다. 그중 일부에는 해골이 보이기도 했다.

세 사람은 안나의 책상 위에 놓인 가장 큰 모니터를 바라보다가 형상이 나타나기 시작하자 무의식적으로 몸이 앞으로 조금 더 기울었다. 처음에는 그저 색색의 줄무늬만 보였다. 클로신스키가 손목에 차고 있는 데이터 패드를 살펴봤다.

"이 장면은 14/P/델타 카메라에서 찍은 겁니다. 산책 갑판에 있는 카메라입니다. 거기에는 일종의 매점과 쇼핑 구역, 극장, 클럽 등이 있습니다. 한쪽 구역에 외부 사람들이 우주정거장에 방문했을 때 이용하는 귀빈실이 있습니다. 이 방은 특실 바로 바깥쪽에 있죠."

"저 화면은 왜 저런 거야?"

클로신스키가 한숨을 뱉었다.

"모두 똑같은 문제가 있습니다. 카메라가 낡았어요. 카메라 중 5퍼센트가 어느 정도 작동하는 것도 기적입니다. 탱고 찰리의 컴퓨터가 카메라에 대한 접근을 막으려고 우리에게 저항하고 있습니다."

"그럴 줄 알았어."

"조금만 있으면… 저기요! 봤어요?"

안나가 볼 수 있는 것이라고는 복도뿐이었다. 다른 모니터들에 떠 있는 장면들보다는 조금 더 나았지만, 안나가 생각하던 귀빈실의 모습은 아니었다. 안나가 화면을 계속 응시했으나 전혀 변화가 없었다.

"이제 아무 일도 일어나지 않을 겁니다. 이건 테이프입니다. 카메라가 처음 켜졌을 때 찍은 겁니다." 콜로신스키가 손목의 데이터 패드를 만지작거리자, 화면이 다시 여러 가지 색으로 지직거리는 화면으로 바뀌었다. "되감았습니다. 왼쪽에 있는 문을 보세요."

이번에 처음으로 알아볼 수 있는 이미지가 나타나자 클로신스키가 테이프를 멈췄다.

"이건 누군가의 다리입니다." 클로신스키가 가리키며 말했다. "그리고 이건 개의 꼬리입니다."

안나가 화면을 살펴봤다. 그 다리는 아무것도 입고 있지 않았고, 발도 맨발이었다. 무릎 아래의 종아리 부분인 것 같았다.

"저건 쉘티의 꼬리 같네." 안나가 말했다.

"저희도 그렇게 생각했습니다."

"저 발은 어때?"

"저 문을 보세요." 스타이너가 말했다. "문과 비교했을 때, 다리가 좀 작아 보입니다."

"그렇네." 안나가 말했다. 아이인가? 안나는 궁

금했다. "알았어. 앞으로 24시간 저기를 지켜봐. 귀빈실 안에 카메라가 있었다면, 이미 나한테 보고했겠지?"

"아마 귀빈은 방 안을 감시당하는 걸 좋아하지 않았을 겁니다."

"그럼, 지금껏 하던 대로 해. 가능한 모든 카메라를 작동시키고 녹화해. 난 이걸 호퍼 지서장에게 보고할게."

안나가 벽이 없는 사무실에서 나가 계단을 내려가면서 똑똑하고 민첩하게 보이도록 모자의 각도를 맞췄다.

"안나 경장님." 스타이너가 불렀다. 안나가 뒤를 돌아봤다.

"탱고 찰리에게 6일밖에 시간이 남지 않았다고 상기시켜 주었을 때, 호퍼 지서장이 뭐라던가요?"

"나한테 담배 파이프를 던졌어."

찰리가 콘래드와 헬가를 다시 강아지 상자에 넣었다. 디터와 잉가도 넣었다. 네 마리 모두 낑낑 거렸는데, 자연스러운 반응이었다. 하지만 푸샤가 상자 안으로 뛰어들어 디터 위에 앉았다가 옆으로 엎드리자, 강아지들이 낑낑거리는 소리의 음색이 달라졌다. 찰리는 눈이 어둡고 배고픈 갓 태어난 강아지보다 더 단호한 모습과 소리를 내는 것은 없 다는 생각이 들었다.

강아지들이 부푼 젖꼭지를 발견했다. 푸샤는 강 아지들에게 지나칠 정도로 관심을 쏟으며, 강아지 들의 작은 엉덩이를 핥아주었다. 찰리는 숨을 죽이 고 그 모습을 바라봤다. 푸샤가 새끼들의 숫자를 세는 것 같다는 생각이 들었다. 그렇게 두면 안 될 것 같았다.

"착하지, 푸샤." 찰리는 푸샤의 주의를 돌리려고 정답게 속삭였다. 효과가 있었다. 푸샤가 올려다보 더니, '찰리, 지금은 너와 놀아줄 시간이 없어.'라는 표정을 지으며 다시 하던 일로 돌아갔다.

"장례식은 어땠어?" 똑딱이가 물었다.

"닥쳐!" 찰리가 쉿 소리를 냈다. "너… 이 멍청한 놈아! 괜찮아, 푸샤."

푸샤는 이미 옆으로 누워 강아지들에게 젖을 먹이며, 찰리와 똑딱이를 어느 정도 무시하고 있었다. 찰리가 일어나 욕실로 갔다. 그리고 욕실 문을 닫은 뒤 잠갔다.

"장례식은 매우 아름다웠어." 찰리가 말했다. 그리고 의자를 거대한 대리석 세면대 가까이 밀고 가서 그 위로 올라갔다. 세면대 뒤쪽은 벽 전체가 거울로 되어 있어서, 찰리는 의자 위에 서서 자신의 모습을 볼 수 있었다. 찰리는 금발 머리를 털며 꼼꼼히 살폈다. 엉킨 부분이 좀 있었다.

"말해줘." 똑딱이가 말했다. "자세히 모두 알고 싶어."

그래서 찰리가 이야기해줬다. 그리고 잠시 멈춰 겨드랑이 냄새를 맡았다. 우주복을 입으면 항상 역겨운 나쁜 냄새가 났다. 찰리는 넓은 대리석 세면대 위로 올라가 세면기로 돌아갔다. 그리고 헤엄치는 돌고래 두 마리의 24캐럿 황금 꼬리를 만지자 입에서 물이 뿜어져 나오기 시작했다. 찰리는 세면기에 발을 담그고 앉아 있다가, 물이 너무 뜨거워지면 돌고래의 꼬리를 만졌다. 그리고 똑딱이에게 모든 이야기를 해줬다.

예전에 찰리는 큰 욕조에서 목욕했었다. 그렇지만 욕조가 너무 커서 목욕보다는 수영에 더 어울렸다. 그러던 어느 날 찰리가 미끄러지며 머리를 부딪혀서 하마터면 익사할 뻔했다. 이제 찰리는 세면기에서 목욕했는데, 별로 크지 않지만 훨씬 안전했다.

"장미가 진짜 멋있었어. 네가 그 생각을 해줘서 다행이야. 장미는 돌고, 돌고, 돌고…."

"넌 아무 말도 안 했어?"

"노래를 불렀어. 찬송가."

"나도 듣고 싶어."

찰리가 세면기 안으로 몸을 집어넣었다. 접은 수건을 목덜미에 받치고 눕자, 물이 턱까지 올라오고, 종아리가 세면기의 반대쪽으로 튀어나왔다. 찰리가 입을 살짝 물에 잠그고, 물속에서 보글보글 소리를 냈다.

"나도 들으면 안 돼? 듣고 싶어."

"주님, 하늘 위 당신의 거대한 진공을 통해…."

똑딱이는 노래를 한 번 듣더니, 찰리가 다시 부를 때 화음을 맞췄고, 세 번째 부를 때는 오르간 연주를 추가했다. 찰리는 다시 눈물이 흐르는 게 느껴져 손등으로 닦았다.

"문질, 문질, 문지를 시간이야." 똑딱이가 제안했다.

찰리는 세면기 가장자리에 앉아 발을 물에 담그고, 목욕 수건에 거품을 냈다.

"코 옆에 문질, 문질." 똑딱이가 노래했다.

"코 옆에 문질, 문질." 찰리가 노래를 따라부르며 얼굴 전체를 부지런히 문질렀다.

"발가락 사이도 문질, 문질. 배꼽의 때도 모두 문질, 문질. 엉덩이도 문지르고, 거기도 알지?"

찰리가 얼마나 오래전부터 해왔는지 기억도 나지 않을 정도로 오랫동안 해온 의식을 똑딱이가 이끌었다. 똑딱이는 몇 번이나 새로 만든 구절을 노래해 찰리를 웃겼다. 똑딱이는 언제나 새로운 구절을 만들어냈다. 찰리가 목욕을 마치자, 지금까지 사람들이 봤던 어떤 소녀보다 깨끗한 어린 소녀가 되었다. 단, 머리카락만 예외였다.

"머리는 나중에 감을 거야." 찰리가 다짐했다. 그리고 바닥으로 뛰어내려, 똑딱이가 그만하라고 할 때까지 따뜻한 바람이 나오는 송풍기 앞에서 몸을 말리는 춤을 췄다. 그런 후 찰리는 방을 가로질러 화장대로 가서, 예전에 놓아둔 높은 의자에 올라앉았다.

"찰리, 너한테 하고 싶은 말이 있어." 똑딱이가 말했다.

찰리는 '코랄 피치'라는 이름의 튜브를 열어 입술 전체에 발랐다. 수천 개의 다른 병과 튜브를 보며 이번에는 무엇을 사용할까 생각했다.

"찰리, 내 말 듣고 있어?"

"듣고 있어." 찰리가 말했다. 그리고 '글렌리렛 위스키, 12년 산'이라는 라벨이 붙은 병에 손을 뻗어 코르크를 비틀어 열고, 입술에 가져다 댔다. 한 모금 가득 마신 다음, 한 모금 더 마시고 팔등으로 입을 닦았다.

"세상에나! 이건 진짜 위스키잖아!" 찰리가 소리치며 병을 내려놓았다. 그리고 루주로 손을 뻗었다.

"어떤 사람들이 나에게 말을 걸려고 했어. 앨버트를 보고 궁금해했던 모양이야." 똑딱이가 말했다.

"그 사람들이 앨버트를 봤을까?"

"그런 것 같지는 않아. 그냥 호기심인 것 같아."

"그 사람들이 나를 해칠까?"

"그거야 모르지."

찰리가 얼굴을 찡그렸다. 그리고 손가락을 이용해 왼쪽 눈꺼풀 전체에 검은색 아이라이너를 그렸다. 오른쪽 눈꺼풀에도 똑같이 한 다음, 다른 병을 이마에 대로 눌러서 뚜렷한 보라색 주름을 만들었다. 두꺼운 연필로 눈썹의 윤곽을 그렸다.

"그 사람들은 뭘 원하는 거야?"

"그냥 엿보는 거야, 찰리. 네가 알아야 할 것 같

앞어. 어쩌면 나중에 그 사람들이 너에게도 대화를 시도할 수 있거든."

"내가 그 사람들하고 이야기해야 할까?"

"그건 너한테 달렸어."

찰리가 미간을 더 깊게 찡그렸다. 스카치위스키 병을 집어 들고, 다른 벨트를 챙겼다.

찰리는 라자의 루비를 꺼내 목에 걸었다.

옷을 다 차려입고 화장을 마친 찰리는 잠시 멈춰서 푸샤에게 뽀뽀하고, 강아지들이 얼마나 예쁜지 이야기해준 다음, 서둘러 산책 갑판으로 나갔다.

찰리가 방을 나갈 때, 벽의 카메라가 살짝 아래로 내려가더니 옆으로 몇 도 정도 돌았다. 녹슨 기계가 회전하는 소리가 나서, 찰리가 카메라를 올려다봤다. 카메라 옆에 달린 스피커에서 귀에 거슬리는 소리가 나더니, 조금 이따가 다시 소리가 났다. 연기가 약간 피어올랐다. 비상 감지기가 재빨리 소화 가스를 카메라 쪽으로 분사하다가 멈췄다. 스피커에서는 더 이상 아무 소리도 나지 않았다.

찰리가 이상한 소음을 들은 것은 처음이 아니었다. 바퀴에는 벽 뒤에서 덜컹거리는 기계 소리가 너무 크게 나서 머릿속으로 생각하는 것조차 힘든 장소들이 있었다.

찰리는 똑딱이가 말했던 훔쳐보는 사람들이 생각났다. 저 카메라는 아마도 그 사람들이 좋아할 만한 물건이었을 것이다. 찰리는 카메라를 향해 엉덩이를 돌려 허리를 굽히고 방귀를 뀌었다.

찰리는 엄마의 방으로 가서, 침대 옆에 앉아 강아지 앨버트의 장례식에 관해 이야기했다. 충분히 이야기를 나눴다고 생각한 찰리는 어머니의 건조한 뺨에 입을 맞추고 방을 뛰쳐나갔다.

한 층 위에는 개들이 있었다. 찰리는 방들을 돌아다니며 개들을 풀어주었다. 펄쩍펄쩍 뛰며 짖어대는 쉘티의 무리가 점점 늘어나며 찰리와 함께 움직였다. 개들은 평소처럼 찰리를 보고 정신없이 기뻐했다. 찰리의 얼굴을 계속 핥아대는 몇 마리에게 는 따끔하게 말해야 했다. 찰리의 개들은 모두 착했기 때문에, 지시를 내리면 중단했다.

찰리가 방문을 모두 열었을 때, 거의 비슷하게 생긴 일흔두 마리의 개들이 요란하게 짖고 달리며 흑갈색과 흰색의 물결을 이뤄 찰리를 따랐다. 찰리와 개들이 달리며 빨간 불빛이 빛나는 다른 카메라 옆을 지났다. 카메라가 그들을 쫓아 회전하며 위로, 위로 올라갔지만, 탱고 찰리 바퀴의 완만한 굴곡 때문에 놓쳤다.

✱

안나 경장은 34번가 교차로에서 자동보도를 벗어났다. 그러고 쇼핑 상가의 인파를 헤치며 교차로 공원에 들어섰다. 공원에 있는 나무는 플라스틱이었지만, 벤치에서 잠을 자는 주정뱅이들은 진짜였다. 안나는 8층에 도착했다. 34번가는 술집과 카지노, 중고품 가게, 전도 단체, 전당포, 사창가 등이 있었다. 전문 분야에 따라 옷을 벗거나 정성 들여

의상을 차려입은 프리랜서 매춘부들이 안나를 쳐다봤다. 때로는 안나를 유혹하기도 했다. 사람들은 결코 희망을 포기하지 않았다. 이 남자들과 여자들은 매일 안나가 퇴근할 때마다 봤는데, 안나는 한 번도 그들의 유혹에 응하지 않았지만, 몇몇 사람들에겐 손을 흔들어 인사를 하기도 했다.

'오토 폰 제플린 백작 주거 통로'까지는 1.5킬로미터를 가야 했다. 안나는 자동보도 옆에서 걸어갔다. 자동보도는 보통 일주일에 이틀만 운영했다. 안나의 숙소는 오토 백작 통로의 80번 아파트 끝에 있었다. 안나는 프린트패드에 손바닥을 대고 안으로 들어갔다.

신참/수습생의 월급으로 이렇게 큰 방에서 지낼 수 있는 게 행운이라는 사실을 안나는 잘 알았다. 방 두 개에 큰 욕조와 작은 부엌이 있었다. 안나는 더 좁은 공간에서 훨씬 많은 사람과 함께 자랐다. 임대료가 이렇게 낮은 것은, 안나의 침실이 간선 튜브웨이와 10미터도 안 떨어져 있기 때문이었다. 캡슐이 질주하며 지나가는 30초마다 바닥이 시끄럽게 덜덜거렸다. 하지만 안나는 신경 쓰지 않았다. 얇은 금속으로 된 아파트 벽 너머 1미터도 안 떨어진 곳에 지역 공기순환 스테이션이 구동하는 방에서도 10년 동안 잠을 자며 지냈었다. 그 때문에 청력 손실이 생겼지만, 안나는 최근까지 너무 가난해서 교정하지 못했다.

안나는 오토 백작 통로 80번 아파트에서 지낸 10년 동안 거의 혼자 살았다. 이 집에서 지금처럼 애인과 함께 지낸 기간은 2주일에서 6개월까지 다양했는데, 이번이 다섯 번째 애인이었다.

안나가 집에 들어설 때 랠프는 다른 방에 있었다. 랠프가 운동하며 헐떡거리는 소리가 들렸다. 안나는 욕실로 가서 견딜 수 있는 한 최대한 뜨겁게 물을 틀어놓고, 물속으로 들어가 몸을 쭉 뻗고 누웠다. 파란색 종이로 만들어진 경찰 제복 반바지가 수면 위로 떠 올랐다. 안나가 손으로 옷을 걷어내 뭉쳐서 축축한 덩어리를 변기 쪽으로 던졌다.

빗맞혔다. 오늘은 그런 날이었다.

안나는 턱이 물속에 잠길 때까지 몸을 가라앉혔다. 이마에 땀방울이 송골송골 맺혔다. 안나는 미소를 지으며 수건으로 얼굴을 닦았다.

잠시 후 랠프가 문 앞에 나타났다. 안나는 랠프가 오는 소리를 들었지만, 눈을 뜨지 않았다.

"들어오는 소리를 못 들었어." 랠프가 말했다.

"다음에는 관악대를 데리고 올게."

랠프는 계속 가쁜 숨을 헐떡이다 차츰 가라앉았다. 안나는 그게 랠프에 대해 가장 생생하게 가지고 있는 인상이라는 사실을 깨달았다. 가쁜 숨소리. 랠프는 땀도 무척 많이 흘렸다. 랠프가 말이 적은 게 놀랍지 않았다. 랠프는 빈정거리는 말을 이해하지 못했다. 그래서 랠프가 가끔 속상해했지만, 그런 어깨를 가진 사람은 굳이 재치 있는 사람까지 될 필요가 없었다. 안나가 눈을 뜨고 랠프에게 미소를 지었다.

달의 낮은 중력 때문에 광적으로 근육 키우는 사람들 외에는 지구에서 키울 수 있는 근육량을 꿈꾸기 어려웠다. 전형적인 달 주민은 평균적인 지구인보다 키가 크고, 날씬한 경향이 있었다. 안나는 매우 어렸을 때 자신의 이성적인 판단을 거슬러 지구인 운동선수와 관계를 맺었던 적이 있다. 그 관계는 잘 풀리지 않았지만, 안나는 여전히 근육질 남자를 선호하는 경향을 유지하고 있다. 그래서 안나는 두 종류의 남자만 사귀는 운명이 되었다. 지구에서 온 근육질의 다부진 사람, 혹은 하루에 10시간씩 근육 단련 운동만 하는 달 주민. 랠프는 후자였다.

안나가 아는 한, 그런 녀석이 반드시 멍청이여야 한다는 규칙은 없었다. 그것은 사람들의 고정관념일 뿐이었다. 하지만 랠프의 경우에는 그 고정관념이 사실이었다. 정신적으로 결함이 있는 것은 아니었지만, 랠프 골드스타인에게 어려운 지적 문제란 벤치 프레스를 몇 킬로그램으로 해야 하는가 정도였다. 랠프는 이를 닦거나, 가슴을 면도하거나, 보디빌딩 잡지에 실린 자신의 사진을 보며 여유시간을 보냈다. 안나는 랠프가 지구와 태양이 달을 중심으로 돈다고 믿는다는 사실을 알고 있었다.

랠프의 진짜 관심사는 둘 뿐이었다. 역기를 드는 것과 안나 루이스 바흐와 사랑을 나누는 것. 안나는 전혀 신경 쓰지 않았다.

랠프는 성기에 나치의 스와스티카 문양을 문신으로 새겼다. 관계 초기에 랠프가 그 문양의 역사에 대해 전혀 모르고, 그저 옛날 영화에서 보고는 멋있다고 생각해서 새겼다는 사실을 확인했다. 안나는 랠프의 조상들이 그 장식을 봤다면 어떻게 느낄지 생각해보는 게 재미있었다.

랠프가 의자를 욕조 가까이 가져와 앉더니, 바닥의 버튼을 밟았다. 이 욕조는 안나에게 최고의 사치품이었다. 재미있는 기능이 많았다. 안나가 누워 있는 욕조 바닥의 긴 받침대가 위로 올라가며 몸의 절반이 물 위로 노출되었다. 랠프가 물 위로 노출된 안나의 몸을 씻기 시작했다. 안나가 비눗물이 묻는 랠프의 손을 바라봤다.

"병원에 가봤어?" 랠프가 안나에게 물었다.

"응. 드디어 갔지."

"의사가 뭐래?"

"암이래."

"얼마나 심해?"

"정말 안 좋대. 비용이 많이 들 거야. 내 보험으로 다 감당할 수 있을지 모르겠어." 안나가 눈을 감고 한숨을 내쉬었다. 랠프가 옳은 소리를 하는 게 얄미웠기 때문이다. 랠프는 지난 몇 달 내내 안나에게 건강 검진을 받으라고 잔소리했었다.

"내일 치료받을 거지?"

"아냐, 랠프. 내일은 시간이 없어. 다음 주에, 약속할게. 일이 생겼지만, 다음 주에는 어떤 식으로든 끝낼 거야."

랠프는 인상을 찌푸렸으나, 아무 말도 하지 않았다. 그럴 필요가 없었다. 인체, 그리고 인체의 관리와 유지보수는 랠프가 안나보다 잘 아는 유일한 분야였다. 하지만 안나도 장기적으로 보면 최대한 빨리 치료받는 게 비용을 아낄 수 있다는 사실을 알고 있었다.

안나는 너무 게을러서, 랠프가 안나의 몸을 뒤집어줘야 했다. 젠장, 하지만 랠프는 그 일에 능숙했다. 안나는 한 번도 랠프에게 부탁한 적이 없었다. 그러나 랠프가 이 일을 즐기는 것 같았다. 랠프의 강한 손은 안나의 등을 파고들어 아픈 곳들을 꼼꼼히 찾아냈다. 이제 더 이상 아프지 않았다.

"이번에는 무슨 일이야?"

"그게… 말해줄 수 없어. 지금은 기밀이야."

안나가 기밀 영역에 포함되는 업무를 맡은 것은 처음이었지만, 랠프는 항의하거나 놀라는 기색이 없었다. 짜증이 났다, 정말로. 랠프의 매력 중 하나는 말을 잘 들어준다는 것이었다. 기술적인 측면은 잘 이해하지 못해도, 개인적인 문제에 대해서는 의외로 좋은 조언을 해주곤 했다. 그리고 그보다 더 자주, 랠프는 안나가 이미 알고 있지만, 보지 못하고 놓치는 사항들을 종합해서 드러내주는 재능이 있었다.

뭐, 어느 정도는 말해도 괜찮을 것이다.

"저 위에 탱고 찰리라는 인공위성이 있어. 들어본 적 있어?" 안나가 이야기를 시작했다.

"위성치고는 재미있는 이름이네."

"추적 일지에 기록할 때 우리가 부르는 이름이야. 사실, 오래전에는 이름이 없었어. 뭐, 그랬대. 그런데 GWA가 인수해서 연구 시설과 경영진의 휴양지로 바꾸고, 그 인공위성에 TC-38이라는 이름을 붙였어. 방송협회와 전쟁이 일어났을 때 평화 조약의 일부로 얻은 거지. 찰리와 버블, 그리고 다른 큰 바퀴 몇 개.

그런데 찰리의 문제는… 추락하고 있다는 거야. 6일 정도면 박살이 나서 달의 이면 전 지역에 뿌려질 거야. 아마 꽤 큰 폭발이 일어날 거야."

랠프가 안나의 다리 뒷부분을 계속 주물렀다. 랠프에게 대답을 재촉하는 것은 결코 좋은 생각이 아니었다. 랠프는 자기만의 방식으로, 자기만의 속도로 상황을 파악했다. 그를 재촉하면 아예 파악하지 못할 수도 있다.

"인공위성이 왜 추락하는데?"

"그건 복잡해. 오랫동안 방치됐거든. 한동안은 항로를 수정할 능력이 있었어. 하지만 지금은 가속을 위해 사용할 반작용 질량이 부족하거나, 인공위성을 안정시켜야 할 컴퓨터가 더 이상 작동하지 않는 것 같아. 몇 년 동안 항로가 수정되지 않고 있어."

"왜 그게…."

"달 궤도는 안정적이지 않아. 게다가 지구가 그 인공위성을 끌어당기는 힘과 태양풍, 달 지표면의 질량 농도 등… 시간이 지남에 따라 십여 가지 요인도 복합적으로 작용해. 탱고 찰리는 지금 매우 괴상한 궤도로 돌고 있어. 마지막에는 달의 지표면에서 1킬로미터 상공까지 접근하기도 했어. 다음번에는 아마 모기 수염만큼 빗겨 나갈 거야. 그리고 그다음에는 충돌하겠지."

랠프가 마사지를 멈췄다. 안나가 랠프를 힐끗 쳐다봤더니, 그가 놀란 얼굴을 하고 있었다. 랠프는 아주 큰 물체가 자기의 고향 행성에 충돌할 거라는 사실을 이제 막 이해했는데, 그 생각이 별로 마음에 들지 않았던 것이다.

"걱정하지 마." 안나가 말했다. "파편으로 피해를 입는 지상 시설이 있긴 하겠지만, 탱고 찰리가 정착지들의 100킬로미터 이내로는 접근하지 않을 거야. 그 점에 대해서는 전혀 걱정하지 않아도 돼."

"그럼, 그냥… 다시 밀어 올리면… 있잖아, 거기로 올라가서 해보면…." 그게 뭐든, 안나는 랠프를 위해 이야기를 마쳤다. 랠프는 위성의 궤도를 유지한다는 게 어떤 건지 전혀 몰라도, 언제나 그런 문제를 처리하는 사람이 있다는 사실은 알고 있었다.

랠프는 다른 질문도 할 수 있을 것이다. 탱고 찰리는 왜 그렇게 오랫동안 방치됐나? 왜 수거하지 않았나? 왜 이 지경이 되도록 그냥 내버려둔 걸까?

이 모든 질문은 안나를 다시 기밀 영역으로 물러나게 했다.

안나가 한숨을 쉬고 몸을 돌렸다.

"나도 우리가 그렇게 할 수 있으면 좋겠어." 안나가 진지하게 말했다. 안나는 나치 문양이 자신에게 경례하고 있다는 걸 알아챘다. 그게 좋은 생각인 것 같아서, 안나는 랠프가 자신을 침실로 데려가도록 내버려두었다.

그리고 랠프와 사랑을 나누는 동안, 안나는 엄청난 쉘티 떼거리 가운데에 서 있는 화장한 아이가 계속 떠올랐다.

2

찰리는 산책 갑판을 열 바퀴 달린 후, 그 무리를 이끌고 일본 정원으로 가서 키가 큰 잡초와 채소밭 사이를 마음껏 뛰어다니게 했다. 일본 정원의 나무는 대부분 죽었다. 한때는 정원 전체가 정갈하고 정성스럽게 가꾸어진 명상의 장소였다. 도쿄에서 온 남자 네 명이 정규직으로 고용되어 이곳을 돌봤었다. 이제 그 남자들은 사원의 문 아래에 묻혔고, 연못은 녹색 쓰레기로 덮였으며, 우아한 아치형 다리는 무너졌고, 화단은 개똥에 질식했다.

찰리는 매일 아침 화단에서 '더러운 낯짝'에 먹

이를 주며 시간을 보내야 했다. 더러운 낯짝은 바퀴의 재활용 시스템의 주입구로서, 원통형 구조물의 옆부분에 커다랗게 뚫린 동그란 구멍이었다. 이 주입구는 개똥, 잡초, 죽은 식물, 흙, 음식 찌꺼기… 등 찰리가 삽으로 집어넣는 모든 것을 먹어 치웠다. 원통은 개구리처럼 녹색으로 칠해져 있었고, 표면에는 얼굴이 그려져 있었는데, 구멍을 빙 둘러서 커다랗게 입술이 그려져 있었다. 찰리는 노래했다. 찰리는 일할 때마다 똥 삽질 노래를 불렀다.

똑딱이가 찰리에게 그 노래를 가르쳐줬다. 예전에는 찰리와 함께 노래를 부르곤 했었다. 하지만 오래전부터 일본 정원에서는 똑딱이가 더 이상 소리를 듣지 못했다. 보통은 찰리가 말만 하면 똑딱이가 들을 수 있었다. 그러나 똑딱이가 소리를 듣지 못하는 장소가 매년 몇 군데씩 늘어났다.

"그 다리를 들어…." 찰리는 숨이 찼다. "그 꼬리를 들어. 내가 곤경에 처하면 네가 보석금 내줄래?"

찰리는 일을 멈추고, 빨간 스카프로 머리를 닦았다. 늘 그랬듯이, 개들은 화단 가장자리에 앉아 찰리가 일하는 모습을 지켜봤다. 개들이 귀를 쫑긋 세웠다. 개들에게는 이 모습이 언제나 매혹적이었다. 찰리는 이 일이 끝나기만 바랐다. 하지만 나쁜 일이 있으면 좋은 일도 있는 법이다. 찰리가 다시 삽질을 시작했다.

"삽질이 지겨워…."

찰리는 작업을 마치고, 다시 산책 갑판으로 돌아갔다.

"다음은 뭐야?" 찰리가 물었다.

"할 일이 많아." 똑딱이가 말했다. "장례식 때문에 일정이 밀렸어."

똑딱이는 찰리에게 새로 태어난 강아지들을 데리고 의무실로 가도록 안내했다. 거기에서 강아지의 무게를 재고, 사진을 찍고, 엑스레이를 찍고, 각 강아지를 분류했다. 그리고 그 결과는 나중에 미국 애견협회에 등록하기 위해 파일로 보관했다. 콘래드는 곧 도태될 게 분명했다. 윗니가 너무 돌출되었다. 다른 강아지들은 아직 판단하기에 너무 이른 시기였다. 찰리와 똑딱이는 매주 개들을 검사했는

데, 그들의 기준은 미국애견협회보다 훨씬 더 엄격
했다. 찰리가 도태시킨 대부분의 개들은 애견대회
에서 최고의 품종으로 쉽게 판별될 수 있는 수준이
었다. 그리고 찰리가 사육하는 개들에 관해서는….

"이 대부분의 혈통에 챔피언이라고 쓸 수 있어
야 해."

"넌 인내심이 필요해."

인내심. 그래, 찰리는 전에도 그런 말을 들었다.
스카치위스키를 한 모금 더 마셨다. 그리고 탱고
찰리 우주정거장의 챔피언 푸샤를 떠올렸다. 이제
정말 멋진 사육자의 날이 될 거야.

먼저 태어난 강아지 두 마리에 대해 이제 최종
평가를 내릴 준비가 되었다. 찰리가 두 마리를 데
려왔고, 찰리와 똑딱이는 점수에 대해 보기 드물게
오랫동안 격렬하게 논쟁을 벌였다. 결국 그들은 두
마리 모두 중성화시키기로 결정했다.

곧 정오 식사 시간이 되었다. 찰리는 식사 시간에
규율을 강요하지 않았다. 너무 소란스럽지만 않으
면 개들이 뛰고, 짖고, 서로 물어도 내버려두었다.

찰리는 개들을 모두 식당으로 데려갔는데(벽에 설치된 카메라 세 대가 추적했다), 거칠게 빻은 딱딱한 곡물과 부드러운 콩버거가 가득 담긴 그릇들이 있었다. 오늘은 찰리가 가장 좋아하는 치킨 맛이었다.

오후는 훈련 시간이었다. 찰리는 똑딱이가 화면에 표시해준 기록을 참조하며, 어린 개들을 한 마리씩 데리고 목줄을 채운 상태에서 30분씩 산책 갑판을 오르내리고, 개들의 진행 정도와 똑딱이의 엄격한 일정에 따라 앉기, 따라하기, 머물기, 엎드리기, 다가오기 등을 가르쳤다. 더 나이 든 개들은 무리를 지어 원형경기장으로 데려갔다. 찰리가 한 마리씩 넣으면, 개들은 자유로운 간격으로 줄을 지어 얌전히 앉아 있었다.

마지막으로, 찰리가 싫어하는 저녁 식사 시간이 되었다. 모두 사람의 음식이었다.

"채소를 먹어." 똑딱이가 말했다. "접시를 비워. 뉴드레스덴에서는 사람들이 굶주리고 있어." 보통은 채소 샐러드나 구역질 나는 브로콜리, 비트 같은 것들이었다. 오늘은 찰리가 신경치료만큼이나 싫어

하는 노란 호박이 나왔다. 찰리는 햄버거 패티를 게걸스럽게 먹어 치운 후, 접시 위의 호박이 누런 아기 똥을 흘린 것처럼 지저분해 보일 때까지 만지작거리며 먹지 않았다. 결국 호박의 절반은 식탁에 쏟았다. 마침내 똑딱이가 마음을 누그러뜨리고, 찰리를 본래 맡은 임무로 돌아가도록 했다. 저녁에 찰리가 할 일은 개 돌보기였다. 찰리는 개들의 털이 빛날 때까지 빗질했다. 몇몇 개들은 이미 잠자리에 들어간 상태라서, 찰리가 깨워야 했다.

마침내, 찰리가 하품하며 자기 방으로 돌아갔다. 그때쯤이면 찰리는 꽤 술에 취한 상태였다. 그런 모습에 익숙한 똑딱이는 관대하게 넘겼고, 매우 어두운 분위기에 잠긴 듯한 찰리를 즐겁게 만들기 위해 노력했다.

"아무 문제 없어!" 찰리가 눈물을 흘리며 소리쳤다. 찰리는 때로 흉측한 술주정뱅이가 되기도 했다.

찰리는 비트적거리며 산책 갑판으로 나가 이쪽 벽과 저쪽 벽을 오가며 비틀비틀 걸어갔지만, 절대 넘어지지 않았다. 흉측하거나 말거나, 찰리는 술에 강했다. 술병이 났던 건 오래전 일이었다.

엘리베이터는 옛날 상업 구역에 있었다. 찰리가 버튼을 때리자 텅 빈 가게들이 찰리를 쳐다봤다. 술을 한 모금 더 마시니, 엘리베이터 문이 열렸다. 찰리가 엘리베이터에 탔다.

찰리는 이 부분을 싫어했다. 엘리베이터는 바큇살을 통해 바퀴의 중심부를 향해 올라갔다. 엘리베이터가 올라갈수록 찰리의 몸이 가벼워졌고, 귓속에 이상한 느낌이 들었다. 찰리는 엘리베이터가 흔들리며 멈출 때까지 손잡이를 꼭 잡고 매달렸다.

이제 모든 게 괜찮아졌다. 찰리는 여기에서 거의 무게가 없었다. 취했을 때는 무중력이 정말 좋았다. 중력을 걱정할 필요가 없으니 머리가 돌지 않았고, 돈다고 해도 상관없었다.

여기는 바퀴에서 개들이 절대 오지 않는 곳이었다. 개들은 이곳에 아무리 오래 있어도 무중력에 익숙해지지 못했다. 하지만 찰리는 무중력 분야의 전문가였다. 그래서 기분이 우울할 때면 이리로 올라와 커다란 연회장 창문에 얼굴을 들이밀었다.

찰리에게 사람들은 그저 어렴풋한 기억에 불과했다. 엄마는 예외였다. 찰리는 매일 엄마를 방문했지만, 엄마는 방부 처리된 소련의 레닌만큼이나 생기가 없었다. 가끔 찰리는 엄마에게 너무 안기고 싶어서 가슴이 아팠다. 개들은 착하고, 따뜻하고, 찰리를 핥아주고 사랑했지만… 찰리를 안아주지 못했다.

찰리의 두 눈에서 눈물이 흘러나왔다. 연회장에서 눈물을 흘리면 정말 엿 같았다. 여기에서는 눈물이 엄청나게 크게 맺혔다. 찰리는 눈물을 닦아내고 창밖을 내다봤다.

달이 다시 커지고 있었다. 찰리는 그게 무엇을 의미하는지 궁금했다. 똑딱이에게 물어봐야 할 것 같았다.

✱

찰리는 일본 정원으로 돌아왔다. 정원에는 개들이 옹기종기 모여 자고 있었다. 개들을 각 방으로 데려가야 한다는 것을 알고 있었지만, 그러기에는 너무 취한 상태였다. 그리고 여기서는 똑딱이가 아무것도 할 수 없었다. 똑딱이는 볼 수도 없고, 들을 수도 없었다.

찰리는 바닥에 누워 몸을 웅크린 채 순식간에 잠들었다.

찰리가 코를 골기 시작하자, 자는 모습을 지켜보러 온 서너 마리의 개들이 찰리가 코골이를 멈출 때까지 입을 핥았다. 그러고는 찰리 옆에 웅크리고 앉았다. 곧 다른 개들도 합류했고, 결국 찰리는 개들이 만든 담요 한가운데에서 잠을 잤다.

다음 날 아침 안나가 모니터실에 도착했더니, 위기 대응팀이 꾸려져 있었다. 그 구성원은 호퍼 지서장이 선발한 것으로 보였는데, 너무 많아서 모두가 앉을 공간이 부족했다. 안나가 그들을 복도 바로 아래에 있는 회의실로 안내해서, 모두 긴 테이블에 둘러앉았다. 각 자리에는 컴퓨터 모니터가 설치되어 있고, 탁자의 상석에 앉은 호퍼 지서장의 뒤쪽 벽에는 대형 스크린이 있었다. 안나는 지서장의 오른쪽에 앉았고, 맞은편에는 경찰국에서 평판이 좋은 자이스 부국장이 앉았다. 안나는 부국장 때문에 매우 긴장했다. 반면에 호퍼 지서장은 자신의 역할을 즐기는 것 같았다. 자이스는 관찰자로서 만족하는 듯 보였기 때문에, 안나는 가만히 앉아 있다가 요청이 있을 때만 발언하기로 다짐했다.

모든 좌석이 꽉 차고, 안나가 보조원이라고 짐작했던 사람들도 원칙에 따라 의자를 당겨 앉는 것을 보고, 이 프로젝트에 정말 이렇게 많은 사람이 필요한 것인지 궁금해졌다. 안나의 오른쪽에 앉은 스타이너가 몸을 기대며 조용히 말했다.

"시간을 골라봐요."

"무슨 말이야?"

"시간을 고르라니까요. 내기 중이에요. 보안이 깨지는 시간을 가장 가깝게 맞추면, 100마르크를 가질 수 있어요."

"10분을 고른 사람 있어?"

호퍼 지서장이 일어나서 말을 시작하자, 두 사

람은 입을 닫았다.

"여러분 중 일부는 밤새 이 문제를 해결하기 위해 애쓰셨습니다. 다른 분들은 이 문제에 관해 전문적인 지식을 저희에게 제공해주시기 위해 오셨습니다. 시장과 경찰국장을 대신해 참석하신 자이스 부국장님을 환영합니다. 부국장님, 한말씀 해주시겠습니까?"

자이스 부국장은 간단히 고개를 저었다. 자이스의 반응에 호퍼 지서장이 놀란 모양이었다. 안나가 아는 한 호퍼 지서장은 그런 발언 기회를 절대로 놓치지 않을 사람이었다. 그래서 다른 사람이 이런 기회를 포기하는 것을 보고 이해하지 못했을 것이다.

"아주 좋습니다. 그러면 블룸 박사님부터 시작하시죠."

블룸 박사는 뿌루퉁한 얼굴에 키가 작은 남자로서, 완전히 벗겨진 게 틀림없는 머리 위에 싸구려 가발을 덮어쓰고 철테 안경으로 꾸몄다. 안나는 의료인이라는 사람이 손거스러미보다 쉽게 치료

할 수 있는 문제들에 사람들의 주의를 끄는 꼴사나운 인공 기관들을 두르고 있는 게 이상했다. 그래서 무심코 블룸 박사의 약력을 화면에 불러냈다가, 그가 노벨상을 받았다는 사실을 알고 놀랐다.

"관찰 대상은 백인 여성으로서, 지구 태생인 게 거의 확실합니다."

호퍼 지서장의 뒤쪽 벽과 안나의 화면에 어린 소녀와 개들이 뛰어다니는 모습이 찍힌 테이프가 재생되고 있었습니다.

"아이에게 명백한 장애가 있는 것 같지는 않습니다. 여러 장면에서 발가벗은 상태인데, 아직 사춘기에 이르지 않은 게 분명합니다. 아이 나이는 일곱 살에서 열 살 사이로 추정됩니다. 아이의 행동에는 약간 일치되지 않는 부분이 있습니다. 움직임은 놀 때를 제외하고는 경제적입니다. 겉으로 보이는 나이보다 훨씬 성숙하게 다양한 손과 눈의 작업을 수행하고 있습니다." 박사가 갑자기 말을 마치고 자리에 앉았다.

호퍼 지서장이 당황했다.

"아… 좋습니다, 박사님. 그런데 기억하실 테지만, 박사님께 아이가 몇 살인지, 그리고 건강한지 말씀해달라고 부탁드렸습니다."

"여덟 살쯤으로 보인다고 말했잖소."

"네, 하지만…."

"나한테 원하는 게 뭐요?" 블룸 박사가 불쑥 화를 내며 말했다. 그리고 모여 있는 많은 전문가를 노려봤다. "저 여자애는 뭔가 심하게 잘못됐어요. 내가 저 아이를 여덟 살이라고 했잖아요. 좋아요! 그건 바보라도 알 수 있습니다. 난 저 아이에게서 겉으로 보이는 건강상의 문제는 관찰되지 않는다고 했어요. 이것 때문에 의사를 부른 건가요? 그 아이를 나에게 데려와서 며칠 시간을 주면, 아이의 건강에 대해 여섯 권 분량의 보고서를 줄게요. 하지만 기껏 비디오테이프로…?" 블룸 박사가 말끝을 흐렸다. 그의 침묵은 말만큼이나 감정이 잘 드러났다.

"감사합니다. 블룸 박사님." 호퍼 지서장이 말했다. "가능한 한 빨리…."

"하지만 한 가지만 말씀드리겠습니다." 블룸 박사가 낮고 위협적인 어조로 말했다. "저 아이를 저런 식으로 술을 마시도록 놔두는 것은 수치스러운 일입니다. 나중에 아이의 인생에 끔찍한 영향을 미칠 겁니다. 삼사십 대 건장한 남자들도 그 아이가 하루에 마신 양의 반도 못 마실 거라고요!" 박사가 호퍼 지서장을 잠시 노려봤다. "비밀을 지키기로 서약했습니다만, 누가 이 일에 책임이 있는지 알고 싶습니다."

안나는 박사가 저 소녀가 어디에 있는지 모른다는 사실을 알아차렸다. 현재 회의실에 있는 사람 중 이 상황을 자세히 알고 있는 사람이 얼마나 되고, 자신에게 주어진 문제에만 몰두하고 있는 사람은 또 얼마나 되는지 궁금했다.

"그 문제는 나중에 설명해드리겠습니다." 자이스 부국장이 조용히 말했다. 블룸 박사는 자이스를 쳐다보다가 호퍼를 보더니, 다시 자이스를 봤다. 그리고 자리에 앉으며, 기분이 누그러지지는 않았지만 기꺼이 설명을 기다리겠다는 표정을 지었다.

"감사합니다, 블룸 박사님." 호퍼 지서장이 다시 말했다. "다음은⋯ GMA 그룹을 대표해 참석하신 루드밀라 로스니코바 씨의 말씀을 듣겠습니다."

굉장하네, 안나가 생각했다. 호퍼 지서장이 GMA를 끌어들였다. 의심할 여지 없이, 호퍼는 로스니코바에게 비밀 엄수를 서약하게 했을 것이다. 서약서를 썼다고 해서 로스니코바가 자기 상사에게 이 문제에 관해 발설하지 않을 거라고 믿는다면, 호퍼 지서장은 안나가 생각했던 것보다도 훨씬 멍청한 사람이었다. 안나는 오래전에 그 회사에서 일해본 적이 있었다. 비록 말단 직원에 불과했지만, 그들에 대해 조금 알게 되었다. GMA는 20세기의 일본 기업에 깊은 뿌리를 두고 있다. GMA에서 중역급까지 올라가면 평생을 보장받는다. 그들은 마피아가 요구하는 수준과 맞먹는 충성심을 기대하고, 또 받는다. 즉, 호퍼 지서장은 로스니코바에게 '기밀 사항'을 말함으로써, 3분 이내에 3백 명의 GMA 중역들에게 그 사실이 알려지도록 한 것이다. 그들이 비밀을 지켜줄 것으로 믿어도 되지만, 그것은 오로지 GMA에 이익이 될 때까지만이다.

"탱고 찰리에 탑재된 컴퓨터는 주문 제작해서 설치되었습니다." 로스니코바가 설명을 시작했다. "당시는 바이오로직 컴퓨터를 사용하는 게 일반적인 관행이었습니다. 이름은 우주정거장과 동일하게 지어졌습니다. 바이오로직 TC-38. 당시 가장 큰 규모의 컴퓨터였습니다.

재난이 일어났을 당시 모든 시도가 실패했다는 사실이 분명해졌을 때, TC-38에 최종 지시가 내려졌습니다. 위험 때문에 우주정거장 주변에 차단 구역을 설정하라는 지시가 내려졌는데, 여러분의 화면에는 '차단'이라는 제목 아래에 설명이 되어 있습니다."

로스니코바는 참석자들이 그 정보를 불러내는 동안 잠시 이야기를 멈췄다.

"차단 구역을 지키기 위해 TC-38에는 특정한 방어 무기를 사용할 수 있는 지휘권이 부여되었습니다. 그 무기에는 10베바와트 레이저가 포함되며… 제가 이름을 밝히거나 설명할 권한이 없는 다른 무기도 있는데, 적어도 레이저만큼 강력하다는 사실은 말해드릴 수 있습니다."

호퍼 지서장이 짜증이 난 표정으로 뭔가 말하려 했지만, 자이스 부국장이 손짓으로 막았다. 두 사람은 레이저만 설명해도 충분하다고 생각했다.

"그래서 우리는 저 우주정거장을 파괴할 수는 있지만….." 로드밀라가 계속 말했다. "탑승할 수는 없습니다. 하지만 과연 시도해보고 싶은 사람이 있을지 모르겠네요."

안나는 탁자를 둘러싼 사람들의 다양한 표정을 잘 살펴보면, 어떤 사람이 전체 이야기를 알고, 어떤 사람이 일부분만 알고 있는지 파악할 수 있을 것 같다는 생각이 들었다. 일부분만 아는 두어 명이 질문할 준비가 된 듯했지만, 호퍼 지서상이 먼저 말을 꺼냈다.

"컴퓨터에 내린 지시를 취소하는 건 어떤가요? 시도해봤나요?"

"위험한 상황이 가까워져서, 지난 몇 년 동안 여러 차례 시도해봤습니다. 저희는 그 시도가 성공할 거라 기대하지 않았고, 실제로도 효과가 없었습니다. 탱고 찰리가 새로운 프로그램을 거부했습니다."

"오, 맙소사." 블룸 박사가 헉 소리를 냈다. 박사의 활기차던 얼굴이 창백해졌다. "탱고 찰리라니. 아이가 탱고 찰리에 있는 건가요?"

"맞습니다, 박사님." 호퍼 지서장이 말했다. "저희는 어떻게 그 아이를 데려올 수 있을지 알아보는 중입니다. 빌헬름 박사님?"

빌헬름 박사는 지구인 특유의 건장한 체격을 가진 나이 많은 여자였다. 박사가 자리에서 일어나 손에 든 종이를 내려다보며 말했다.

"여러분의 컴퓨터에는 '뉴로-X'라는 제목 아래에 정보가 있습니다." 빌헬름 박사가 작게 말하더니, 고개를 들어 사람들을 바라봤다. "하지만 굳이 열어보실 필요는 없습니다. 그 이름을 붙인 것 외에는 알아낸 정보가 없습니다. 저희가 알고 있는 내용을 요약해서 말씀드리겠습니다만, 이 문제에 대한 별도의 전문가는 필요 없습니다. 사실, 뉴로-X

에 대해서는 전문가가 없습니다.

사건은 8월 9일 발생했습니다. 다음 달이면 30년이 됩니다. 초기 보고는 다섯 건이었는데, 사망자가 한 명 있었습니다. 증상은 점진적 마비, 경련, 운동 조절 능력 상실, 감각 상실 등이었습니다.

탱고 찰리는 표준 절차에 따라 즉시 격리되었습니다. 전염병 연구를 위한 역학팀이 파견되었고, 이어서 뉴드레스덴에서도 다른 역학팀이 파견되었습니다. 탱고 찰리를 출발한 우주선에 모두 귀환하라는 명령이 내려졌습니다. 다만, 화성으로 향하던 한 척과 이미 지구 궤도를 돌고 있던 다른 한 척은 예외였습니다. 지구 궤도에 있는 우주선은 착륙이 금지되었습니다.

역학팀이 도착했을 때는, 1백 건이 넘는 사례가 보고되었고, 여섯 명이 추가로 사망했습니다. 나중에 시각 장애와 청각 장애도 증상으로 나타났습니다. 사람마다 진행 속도는 차이가 있었지만, 전반적으로 상당히 빠르게 진행됐습니다. 증상이 발현된 후 평균 생존 시간은 나중에 48시간으로 확인됐습니다. 나흘 이상 생존한 사람은 없습니다.

두 역학팀 모두 즉시 감염되었고, 세 번째, 네 번째 팀도 감염되었습니다. 한 명도 빠짐없이 모두 감염되었습니다. 첫 번째 두 팀은 3등급 차단 기술을 사용했습니다. 하지만 전혀 막지 못했죠. 세 번째 팀은 예방 조치를 2등급으로 강화했습니다. 결과는 같았습니다. 저희는 곧바로 최대한 완벽하게 격리하는 1등급으로 강화했습니다. 신체 접촉을 전혀 하지 않고, 개별적으로 공기를 공급하고, 조사관에게 공급되는 모든 공기를 살균 환경을 통해 걸렀습니다. 그래도 모두 감염됐습니다. 환자 여섯 명과 조직 표본 일부를 뉴드레스덴에서 3백 킬로미터 떨어진 1급 시설로 보냈습니다. 그리고 더 많은 환자를 1급 예방 조치를 취한 후 탱고 찰리에서 가까운 병원선으로 보냈습니다. 두 시설의 모든 직원이 감염되었습니다. 저희는 하마터면 환자 두어 명을 지구의 애틀랜타로 보낼 뻔했습니다."

빌헬름 박사가 이야기를 잠시 멈추고, 아래를 내려다보며 이마를 문질렀다. 아무도 말을 하지 않았다.

"제가 책임자였습니다." 빌헬름 박사가 조용히 말했다. "애틀랜타로 아무도 보내지 않은 공을 제가 차지할 수는 없습니다. 저희는 보내려 했었습니다…. 그런데 갑자기 탱고 찰리에 환자를 태우고 갈 사람이 아무도 남지 않은 상태가 되어버렸습니다. 모두 죽었거나, 죽어가는 상황이었습니다.

저희는 물러났습니다. 이 모든 일이 겨우 닷새 만에 일어났다는 사실을 기억해두세요. 그 5일 만에 저희에게는 탑승자 전원이 사망한 우주정거장과 시체로 가득한 우주선 세 척, 그리고 시체가 가득 찬 달의 역학 연구 시설만 남았습니다.

그 후 정치인들이 대부분의 결정을 내리기 시작했습니다만, 제가 정치인들에게 조언했습니다. 근처에 있던 두 척의 우주선은 로봇 제어로 감염된 연구 기지에 착륙시켰습니다. 화성으로 가다 버려진 우주선은… 아직 기밀인 것 같긴 하지만, 아무려면 어떻습니까? 그 우주선은 핵무기로 폭파시켰습니다. 그리고 남은 것들을 조사하기 시작했습니다. 달의 연구 기지가 가장 쉬웠습니다. 한 가지 중요한 규칙이 있었습니다. '기지로 들어간 것은 아무것도 나오면 안 된다.' 무한궤도 로봇을 이용해 원격 조작기와 실험용 동물을 집어넣었습니다. 동물은 거의 다 죽었습니다. 뉴로-X는 대부분의 포유동물을 죽였습니다. 원숭이, 쥐, 고양이….."

"개는요?" 안나가 질문했다. 빌헬름 박사가 안나를 힐끗 쳐다봤다.

"모든 개를 죽이지는 않았습니다. 우리가 보낸 개들 중 절반이 살아남았습니다."

"탱고 찰리에 개들이 살아 있다는 사실을 알고 계셨나요?"

"아니요. 그때는 이미 차단이 완료된 상태였습니다. 탱고 찰리 우주정거장은 착륙이 불가능한데다, 핵무기를 쏘기에는 너무 가깝고 너무 눈에 띄었습니다. 그럴 경우에 수십 개의 조약에 위배되었습니다. 그래서 우주정거장을 그냥 거기에 내버려두지 않을 이유가 없는 것 같았습니다. 저희는 표본을 달의 연구 기지에 격리해두었습니다. 탱고 찰리는 잊어버리고 그 표본으로 연구하기로 결정했습니다."

"감사합니다, 박사님."

"말씀드렸듯이, 뉴로-X는 저희가 지금껏 본 것 중 가장 독성이 강한 유기체입니다. 거의 모든 포유류의 모든 종류의 신경 조직을 먹어 치우는 것 같았습니다.

현장에 투입되었던 역학팀에게는 뭔가 알아낼 시간조차 없었습니다. 다들 너무 빠르게 무력화되어, 역시 너무 빠르게 죽어갔습니다. 저희도 여러 가지 이유로⋯ 많은 것을 알아내지 못했습니다. 제 추측으로는 뉴로-X가 바이러스인 것 같습니다. 바이러스보다 큰 병원체라면 거의 즉시 관찰했을 게 분명하기 때문입니다. 하지만 저희는 뉴로-X를 보지 못했습니다. 전염이 매우 빠르게 진행됐습니다. 저희는 그게 어떻게 매개되는지 모르기 때문에, 신뢰할 수 있는 유일한 방어막은 수 킬로미터의 진공뿐입니다. 일단 신체에 침투하면, 숙주의 유전 물질에 변화를 일으켜 2차 감염원을 만들고⋯ 그 후 신체를 벗어나 숨어버립니다. 현재 저는 2차 감염원을 차단했다고 거의 확신하고 있습니다. 병원체는 어떤 형태로든 여전히 숙주 안에 있고, 있을 수밖에 없지만, 신경계에서 활동하는 것은 1시간 정도라고 생각합니다. 그러나 그때쯤에는 이미 신체에 피해를 입힌 후입니다. 이 병원체는 신체가 스스로 공격하게 만들어서, 숙주는 대략 이틀 만에 파괴되어버립니다."

빌헬름 박사가 점차 흥분하는 것 같았다. 안나는 몇 번이나 박사가 감정에 휩싸여 이성을 놓을 것 같다는 생각이 들었다. 30년이 지났음에도, 박사는 뉴로-X의 악몽에서 벗어나지 못한 게 분명했다. 하지만 이제 박사는 다시 마음을 다잡으려 애썼다.

"이 병원체의 또 다른 놀라운 점은 물론 그 전염성입니다. 제가 지금껏 본 병원체 중에 차단하려는 인간의 모든 노력을 이렇게 집요하게 회피하는 것은 처음이었습니다. 거기에 당시 사망률이 100퍼센트였다는 사실까지 더하면…. 그리고 우리가 그 병원체에 대해 거의 파악하지 못했던 두 번째 큰 이유가 있습니다.”

“첫 번째 이유는 뭔가요?” 호퍼 지서장이 물었다. 빌헬름 박사가 그를 노려봤다.

“원격 제어를 통해 그렇게 난해한 감염 과정을 조사하는 게 어려웠기 때문입니다.”

“아, 당연히 그렇겠군요.”

“두 번째 이유는 단순한 두려움이었습니다. 너무 많은 사람이 사망한 탓에 병을 피할 수 있을 거라는 희망을 품기 힘들었습니다. 아마 시도한 사람이 아무도 없었을 겁니다. 여러분은 연세가 되니까, 그 야단법석을 기억하실 겁니다. 대중적인 논쟁이 시끄럽고 길게 진행됐으며, 극단적인 조치를 취해야 한다는 압력이 드셌죠…. 제 생각에는 그런 압력이 부당하지 않았다고 덧붙이고 싶습니다. 주장은 간단했습니다. ‘감염된 모든 사람이 죽었다.’ 저는 다른 환자를 애틀랜타로 보냈다면, 지구상의 모든 사람이 죽었을 거라 확신합니다. 그러므로… 살려서 연구한다는 게 무슨 의미가 있을까요?”

블룸 박사가 헛기침을 하자, 빌헬름 박사가 그를 쳐다봤다.

"박사님, 제 기억으로 두 가지 이유가 제기되었습니다." 블룸 박사가 말했다. "하나는 과학적 지식이라는 추상적인 이유였습니다. 현재 아무도 뉴로-X 때문에 고통받고 있지 않으므로, 연구할 필요가 없을지도 모르지만, 연구 자체로 무언가를 배울 수 있을지도 모릅니다."

"그 말이 맞습니다." 빌헬름 박사가 말했다. "논쟁의 여지가 없습니다."

"그리고 두 번째 이유는 뉴로-X의 출처를 밝히지 못했다는 사실입니다…. 생물학전(生物學戰)을 위해 만들어진 병원체라는 소문이 있었습니다." 블룸 박사는 GMA에서 이에 대해 할 말이 있느냐고 묻는 듯 로스니코바를 바라보며 말했다. 로스니코바는 아무 말도 하지 않았다. "하지만 대부분의 사람은 그게 자연적인 돌연변이라고 생각했습니다. 우주정거장의 고방사선 환경에서 그런 돌연변이가 발생하는 경우가 몇 번 있었거든요. 그런 일이 발생했다고 가정할 경우, 다시 발생하지 않게 하려면 어떻게 해야 할까요?”

“다시 말씀드리지만, 저는 그 의견에 이의를 제기할 생각이 없습니다. 사실, 저는 이 문제가 논의될 당시, 두 가지 입장을 모두 지지했습니다.” 빌헬름 박사가 얼굴을 찌푸리더니, 블룸 박사를 똑바로 바라봤다. “그러나 사실 저는 그 입장을 그다지 강하게 지지하지 않았습니다. 그리고 달의 기지가 격리되었을 때 훨씬 기분이 나아졌습니다.”

블룸 박사가 고개를 끄덕이며 말했다. “인정할게요. 저도 기분이 좋아졌었습니다.”

“그리고 만약 뉴로-X가 다시 나타난다면….” 빌헬름 박사가 조용히 말을 이었다. “저는 즉시 격리하라고 조언할 것입니다. 설령 도시 하나를 통째로 잃는 한이 있더라도.”

블룸 박사는 아무 말도 하지 않았다. 안나는 한동안 침묵 속에서 두 사람을 지켜봤다. 마침내 빌헬름 박사가 이 괴물을 얼마나 두려워하는지 이해할 수 있었다.

★

그 외에도 많은 일이 있었다. 회의는 3시간 동안 진행되었으며, 모든 사람에게 발언 기회가 돌아갔다. 이윽고, 모든 사람이 만족할 수 있을 정도로 설명되었다.

탱고 찰리는 탑승할 수 없지만, 파괴할 수 있다. (때때로 원래 내려졌던 차단 명령이 현명한지 논쟁하고, 그 명령을 취소할 수 있는지 묻느라 시간이 허비되었다. 안나가 보기에는 이미 끝난 일에 대한 의미 없는 뒷북이었다.)

하지만 탱고 찰리를 떠날 수도 있다. 오랫동안 탱고 찰리를 충실히 감시해온 로봇 탐사기를 철수시키기만 하면, 생존자들을 대피시킬 수 있다.

중요한 질문이 남았다. 그들을 대피시켜야 할까?

(지금까지 단 한 명의 생존자만 목격되었다는 사실은 언급되지 않았다. 다들 조만간 다른 생존자가 나타날 것으로 추정했다. 30년 동안 아무도 출입하지 않은 우주정거장에 여덟 살짜리 여자아이 한 명만 남아

있는 것은 가능하지 않기 때문이었다.)

빌헬름 박사는 당황한 게 분명했지만, 자기 의견을 강하게 고수하며 우주정거장을 즉시 폭파하자고 주장했다. 이 주장을 지지하는 사람들도 있었지만, 참석자 중 10퍼센트 정도밖에 되지 않았다.

최종 결론은 지금 당장은 아무것도 하지 않는다는 것이었다. 안나가 회의를 시작하기 전에 예상했던 그대로였다.

어쨌거나, 그 문제를 계속 고민할 수 있는 시간이 대략 닷새 정도 남아 있었다.

★

"안나 경장님을 기다리는 전화가 있습니다." 안나가 모니터실로 돌아왔을 때 스타이너가 말했다. "교환대에서 중요한 전화랍니다."

안나는 자신의 사무실에 벽이 있으면 좋겠다는 생각을 다시 하며, 사무실로 들어가 스위치를 켰다.

"안나입니다." 안나가 말했다. 화면에 아무것도 뜨지 않았다.

"혹시…." 한 여성의 목소리가 들렸다. "10년 전 버블에서 일했던 안나 루이스 바흐 맞나요?"

잠시 안나는 너무 놀라 말을 잇지 못했다. 하지만 얼굴로 피가 쏠리며 열기가 느껴졌다. 안나는 그 목소리를 알았다.

"여보세요? 아직 통화 중이죠?"

"왜 화면이 안 뜨지?" 안나가 물었다.

"우선, 너 혼자야? 그리고 장비는 안전해?"

"네 장비가 보안이 된다면, 내 장비는 안전해." 안나가 스위치를 하나 더 누르자 모니터 주위로 사생활 보호 후드가 내려왔다. 소리 변조기가 작동하기 시작하면서 모니터실에서 들려오던 소음이 희미해졌다. "그리고 난 혼자야."

메건 갤러웨이의 얼굴이 모니터에 나타났다. 안나의 마음 한구석에서는 메건의 머리가 곱슬곱슬하고 빨갛게 변한 것 외에는 크게 변하지 않았다는 생각이 들었다.

"네가 나와 함께 있는 모습을 다른 사람에게 보이기 싫어할 줄 알았어." 메건이 말하더니, 미소를 지었다. "안녕, 안나. 어떻게 지내?"

"너와 만나는 모습을 다른 사람이 보더라도 상관없어." 안나가 말했다.

"정말? 그러면 그 많은 정부 기관 중에서 뉴드레스덴 경찰서가 구조가 시급한 여덟 살짜리 어린이를 구조하지 않고 그냥 두는 이유를 설명해줄 수 있어?"

안나는 아무 말도 하지 않았다.

"뉴드레스덴 경찰이 아이를 구조할 의사가 없다는 소문에 대해 한마디 해줄래? 그리고 그 우주정거장에서 벗어날 수 있다면, 뉴드레스덴 경찰이 아이가 산산조각이 나도록 내버려둘 거라는 소문에 대해서는?"

여전히 안나는 기다렸다.

메건이 한숨을 내쉬더니, 머리를 손으로 훑었다.

"안나, 넌 내가 아는 사람 중에 가장 쉽게 화를 내는 여자야. 들어봐, 내가 이 이야기를 계속 진행하지 못 하게 말리지 않을 거야?"

안나는 뭔가 말할 뻔했지만, 한 번 더 기다리기로 마음먹었다.

"네가 원한다면, 근무가 끝나고 나를 만날 수 있어. 모차르트 광장. 나는 그레이트노던호 1번 방에 있어. 하지만 꼭대기 갑판에 있는 바에서 만나고 싶어." 메건이 말했다.

"거기로 갈게." 안나가 말하고, 연결을 끊었다.

찰리는 아침에 줄곧 '숙취의 노래'를 불렀다. 찰리가 가장 좋아하는 노래는 아니었다.

물론 회개해야 할 일이 있었다. 똑딱이가 찰리에게 냄새나고 맛없는 음료를 마시게 했는데, 그 음료가 두통에 놀라운 효과가 있다는 것은 인정할 수밖에 없었다. 음료를 다 마셨을 때, 땀에 흠뻑 젖었지만 숙취는 사라졌다.

"넌 운이 좋아." 똑딱이가 말했다. "숙취가 심한 적이 없었잖아."

"나에게는 이 정도도 아주 심한 거야." 찰리가 말했다.

똑딱이는 찰리에게 머리도 감으라고 했다.

그 후 찰리는 엄마와 함께 시간을 조금 보냈다.

찰리는 항상 그 시간을 소중히 여겼다. 똑딱이는 대체로 좋은 친구였지만, 너무 이래라저래라했다. 엄마는 찰리에게 소리를 지르거나, 잔소리하거나, 훈계한 적이 없었다. 엄마는 그저 듣기만 했다. 사실, 엄마는 별로 활동적이지 않았다. 하지만 그저 말할 상대가 있다는 것만으로도 좋았다. 찰리는 언젠가 엄마가 다시 걸을 수 있기를 바랐다. 똑딱이는 그럴 가능성이 거의 없다고 했다.

그런 후 찰리는 개들을 모아 아침 산책하러 나갔다.

그런데 찰리가 가는 곳마다, 빨간 카메라의 눈이 따라다녔다. 마침내 더 이상 참을 수 없었다. 찰리는 걸음을 멈추고 허리에 주먹을 대고 카메라를 향해 소리쳤다.

"그만 해!"

카메라가 시끄러운 소리를 내기 시작했다. 처음에 찰리는 전혀 알아듣지 못했지만, 곧 몇 단어가 들리기 시작했다.

"…리, 탱고… 폭스트롯… 하라. 탱고 찰리…."

"야, 그건 내 이름이잖아."

카메라가 계속 윙윙거리며, 찰리에게 소음을 뱉어냈다.

"똑딱이, 네가 하는 소리야?"

"유감이지만, 아니야."

"그럼 무슨 일이야?"

"훔쳐보는 사람들이야. 그 사람들이 너를 계속 지켜보고 있었는데, 이제 너에게 말을 걸려는 거야. 하지만 내가 막고 있어. 그냥 카메라를 무시하면, 너를 귀찮게 하지 않을 것 같아."

"그런데 왜 네가 그 사람들하고 싸워?"

"네가 귀찮게 생각할 것 같아서."

숙취가 아직 조금 남아 있는 모양이었다. 아무튼, 찰리는 똑딱이에게 진심으로 화를 냈고, 똑딱이가 허용하지 않는 욕을 내뱉었다. 찰리는 나중에 대가를 치르게 되리라는 걸 알고 있었다. 그러나 지금 당장은 똑딱이가 화가 나서, 찰리에게 차분하게 논리적으로 설명해줄 기분이 아니었다. 그래서 똑딱이는 원하는 것을 얻게 되는 상황은 누구에게

나 벌어질 수 있는 최악의 상황이라는 원칙에 따라, 찰리가 원하는 대로 하게 놔뒀다.

"탱고 찰리, 여긴 폭스트롯 로미오. 응답하라. 탱고…."

"응답하라는 게 무슨 말이야?" 찰리가 합리적으로 물었다. "그리고 내 이름은 탱고가 아니야."

어린 소녀가 진짜로 대답하자, 안나는 깜짝 놀라서 잠시 할 말이 떠오르지 않았다.

"어… 그건 그냥 표현이야. 응답하라…. 그건 '대답하라'라는 뜻의 무전 용어야."

"그러면 '대답해주세요'라고 해야지." 소녀가 지적했다.

"네 말이 맞을지도 모르겠다. 내 이름은 안나 루이스 바흐야. 네가 원하면 안나라고 불러도 돼. 우리가 하려는 건…."

"왜 내가 그래야 하는데?"

"미안하지만…."

"뭐가 미안해?"

안나는 모니터를 쳐다보며, 잠시간 손가락으로 조용히 책상을 두드렸다. 주변의 모니터실에서는 아무 소리도 들려오지 않았다. 마침내 안나가 미소를 지었다.

"우리가 첫발을 잘못 디딘 것 같아."

"어떤 발을 디뎌야 하는데?"

소녀는 계속 안나를 똑바로 바라봤다. 소녀의 표정은 즐겁거나 적대적이지 않았고, 논쟁적이지도 않았다. 그런데 대화가 왜 갑자기 그렇게 널뛰기를 했던 걸까?

"내가 한마디 해도 될까?" 안나가 시도해봤다.

"모르겠어. 할 수 있어?"

이번에는 안나가 손가락을 두드리지 않고 주먹을 불끈 쥐었다.

"어쨌든 해볼게. 내 이름은 안나 루이스 바흐야. 뉴드레스덴에서 너에게 이야기하고 있어. 달에 있는 도시인데, 아마 거기에서 보일 거야…."

"어디인지 알아."

"좋았어. 몇 시간 전부터 너에게 연락하려고 했

는데, 컴퓨터가 내내 막았어."

"맞아. 똑딱이가 그렇게 말해줬어."

"자, 컴퓨터가 왜 나를 막는지는 설명할 수 없지
만…."

"나는 이유를 알아. 똑딱이는 네가 훔쳐본다고
생각해."

"그걸 부정하지는 않을게. 하지만 우리는 너를
도우려는 거야."

"왜?"

"왜냐면… 그게 우리가 하는 일이니까. 이제 네
가 할 수 있다면…."

"야, 좀 닥쳐줄래?"

안나가 입을 닫았다. 그리고 여기저기 흩어져서
모니터를 바라보고 있는 마흔다섯 명의 다른 사람
들과 함께 그 어린 소녀가 녹색 유리병에 담긴 스
카치위스키를 쭉 들이켜는 모습을 지켜봤다. 그 소
녀가 무서운 아이라는 생각이 들기 시작했다. 아이
는 트림을 하고, 손등으로 입을 닦더니, 다리 사이
를 긁었다. 그러고는 손가락의 냄새를 맡았다.

소녀가 무슨 말을 하려는 듯하더니, 고개를 갸웃거리며 안나가 들을 수 없는 어떤 소리에 귀를 기울였다.

"그거 좋은 생각이야." 소녀가 말하고, 일어나 달려 나갔다. 아이가 굽이진 갑판을 돌아 화면에서 사라지고 있을 때, 호퍼 지서장이 무전실로 불쑥 들어왔고, 뒤따라 자문팀원 여섯 명이 들어왔다. 안나는 의자에 기대앉으며, 지서장을 죽여버리고 싶다는 생각을 떨쳐내려 애썼다.

"연락이 닿았다고 들었다." 호퍼 지서장이 안나의 어깨에 기대며 말했다. 안나가 절대적으로 혐오하는 행동이었다. 지서장이 움직임 없는 화면을 들여다봤다. "아이는 어떻게 됐나?"

"모르겠습니다. '그거 좋은 생각이야'라고 말하더니 일어나서 달려갔습니다."

"내가 아이와 이야기할 수 있을 때까지 아이를 잡아놓으라고 말했잖나."

"노력은 했습니다." 안나가 말했다.

"자네는⋯."

"19번 카메라에 소녀를 잡혔습니다." 스타이너가 외쳤다.

작동할 수 있는 카메라로 기술자들이 소녀의 움직임을 따라가는 동안 모두 지켜봤다. 그들은 대형 화면을 통해 아이가 방으로 들어갔다가 잠시 후 나오는 모습을 봤다. 안나는 아이가 카메라를 지날 때마다 불러봤지만, 호출은 첫 번째 카메라만 가능한 모양이었다. 찰리는 네 대의 카메라를 지나 원래의 카메라로 돌아갔다. 그리고 모니터를 조심스럽게 펼쳐서 벽에 부착한 다음, 코드를 풀어서 안나의 모니터링 팀이 사용하고 있는 벽의 카메라에 연결했다. 그러고는 카메라를 거치대에서 분리했다. 영상이 한참 동안 흔들리다가 마침내 안정됐다. 소녀가 카메라를 바닥에 내려놓은 것이다.

"화면을 안정시켜." 안나가 팀원에게 지시하자, 안나의 모니터에 뜬 화면이 안정됐다. 이제 카메라는 바닥에서 복도를 올려다보는 관점으로 비쳤다. 소녀가 카메라 앞에 앉더니 활짝 웃었다.

"이제 너를 볼 수 있어." 아이가 말했다. 그러더니

얼굴을 찌푸렸다. "네가 영상을 보내주면."

"여기로 카메라 한 대 가져다줘." 안나가 지시했다.

카메라가 설치되는 동안, 호퍼 지서장이 안나를 어깨로 밀쳐내고 안나의 자리에 앉았다.

"네가 보여." 소녀가 말했다. 그리고 다시 얼굴을 찌푸렸다. "재밌네. 난 네 여자인 줄 알았어. 누가 네 불알을 자른 거야?"

이제 호퍼 지서장이 할 말을 잃을 차례였다. 몹시 억누른 킥킥 소리가 몇 번 들려왔다. 안나가 가장 사나운 눈빛으로 재빨리 그들을 침묵시켰다. 속으로는 자신이 웃음을 터뜨리기 직전까지 갔다는 사실을 아무도 알아채지 못해 다행이라 생각했다.

"그건 신경 쓰지 마라." 호퍼 지서장이 말했다. "내 이름은 호퍼다. 가서 부모님 모셔 올래? 우리는 부모님과 이야기해야 해."

"싫어." 소녀가 말했다. "그리고 안 돼."

"그게 무슨 소리야?"

"싫어, 난 안 데려올 거다." 소녀가 분명하게 말

했다. "그리고 안 돼. 넌 부모님과 이야기할 필요 없어."

호퍼는 아이들을 다뤄본 경험이 거의 없었다.

"자, 이성적으로 굴어야지." 호퍼가 달래는 말투로 시작했다. "어쨌거나, 우리는 너를 도우려는 거야. 네 상황을 자세히 파악하기 위해서는 부모님과 이야기해야 해. 그 후에 네가 거기에서 나올 수 있게 도와줄 거야."

"그 여자와 이야기하고 싶어." 소녀가 말했다.

"그 여자는 여기에 없어."

"네가 거짓말하는 것 같아. 그 여자와 조금 전에 이야기했단 말이야."

"내가 책임자야."

"뭘 책임지는데?"

"그냥 책임자야. 자, 가서 네 부모님 데려와!"

소녀가 자리에서 일어나 카메라로 다가오는 모습을 모두 지켜봤다. 처음에는 아이의 발만 보였는데, 곧 렌즈에 물이 튀기기 시작했다.

찰리가 카메라에 오줌을 싸기 시작하자, 이번에

는 누구도 터져 나오는 웃음을 막을 수 없었다.

★

안나는 3시간 동안 모니터들을 지켜봤다. 그리
고 소녀가 처음의 카메라 앞을 지날 때마다 불렀
다. 안나는 신중하게 생각했다. 안나는 호퍼 지서
장과 마찬가지로 아이들에 대해 잘 알지 못했다.
그래서 호퍼의 자문팀에 있는 아동 심리학자와 잠
시 상의했는데, 심리학자 두 사람이 시험적인 전략
을 세웠다. 심리학자는 유능한 사람 같았는데, 더
욱 좋은 점은 그의 제안이 안나가 생각하는 상식에
도 부합한다는 사실이었다.

그래서 안나는 명령처럼 들릴 수 있는 말은 절
대로 하지 않았다. 호프 지서장이 뒤에서 숨죽이고
있는 동안, 아이가 모습을 보일 때마다 안나는 차
분하게 이성적으로 말했다. "나 아직 여기 있어."
안나는 그렇게 말했다. "우리 얘기 좀 할까?" 그리
고 부드럽게 제안했다. "놀고 싶니?"

안나는 심리학자가 제안한 대사, 즉 안나와 아

이를 같은 팀으로 묶어줄 수 있는 대사를 말해보고 싶었다. 그 대사는 이랬다. "그 바보는 갔어. 이제 이야기할래?"

드디어 소녀가 카메라를 응시하기 시작했다. 소녀는 올 때마다 다른 개를 데리고 왔다. 개들이 거의 완전히 똑같았기 때문에, 처음에 안나는 그 사실을 알아채지 못했다. 그러다 개들의 크기가 살짝 다르다는 사실을 알아봤다.

"예쁜 개네." 안나가 말했다. 소녀가 고개를 들더니 뛰쳐나갔다. "나도 그런 개를 키우고 싶어. 개의 이름이 뭐야?"

"얘는 '부인의 달콤한 갈색 구레나룻'이야. 인사해, 갈색아." 개가 낑낑댔다. "엄마를 위해 앉아, 갈색아. 이제 굴러. 똑바로 서. 이제 빙빙 돌아. 갈색아. 착한 강아지지. 뒷발로 걸어. 이제 뛰어, 갈색아. 뛰어, 뛰어, 뛰어!" 개는 아이가 지시할 때마다 정확히 허공으로 뛰어오르고, 공중제비를 돌았다. 그런 다음 앉아서 분홍색 혀를 내밀고, 주인에게서 두 눈을 떼지 않았다.

"감명받았어." 안나가 말했다. 그 말은 말 그대로 진심이었다. 달의 다른 시민들과 마찬가지로, 안나는 야생 동물을 본 적이 없었고, 반려동물을 기른 적도 없으며, 오로지 시립 동물원에서만 동물을 접했는데, 동물원에서는 동물들의 자연스러운 활동에 방해되지 않도록 주의해야 했다. 안나는 동물이 그렇게 똑똑한지 몰랐다. 그리고 방금 본 시범을 위해 얼마나 큰 노력이 들어갔을지 상상도 하기 힘들었다.

"이건 아무것도 아니야." 소녀가 말했다. "이 강아지의 아비 개를 봤어야 해. 지금 이야기하는 사람은 다시 안나야?"

"응, 맞아. 넌 이름이 뭐야?"

"찰리야. 넌 질문이 많구나."

"그런 것 같네. 난 그저…."

"나도 몇 가지 물어보고 싶어."

"그래, 물어봐."

"먼저 여섯 가지 물어볼게. 하나, 왜 내가 너를 안나로 불러야 해? 둘, 뭐가 미안하다는 거야? 셋, 발이 왜 잘못된 거야? 넷…, 그런데 사실 네가 원한다면 한마디 할 수 있다는 것을 이미 증명했기 때문에, 이건 질문이 아니야. 다섯, 왜 우리 부모님을 보고 싶어?"

안나는 잠시 후에야 이 질문들이 실제로는 처음에 정신없이 진행됐던 대화에서 찰리가 던졌던 질문들이라는 사실을 깨달았다. 그때 찰리가 대답을 듣지 못했던 질문들을 다시 원래의 순서대로 던진 것이었다.

그렇지만 그 질문들은 앞뒤가 맞지 않았다.

그러나 아동 심리학자는 손짓하고 고개를 끄덕이며 안나를 격려했다. 그래서 안나가 대답하기 시작했다.

"안나라고 불러줘. 왜냐하면… 그게 내 이름이고, 친구들은 이름으로 부르니까."

"우리가 친구야?"

"글쎄, 난 너의 친구가 되고 싶어."

"왜?"

"있잖아, 네가 원하지 않으면 나를 안나라고 부르지 않아도 돼."

"난 상관없어. 내가 꼭 네 친구가 되어야 하는 거야?"

"네가 원하지 않으면 안 그래도 돼."

"내가 왜 원해야 하는데?"

그리고 그렇게 계속 이어졌다. 각 질문은 또 다른 십여 개의 질문을 낳았고, 그 질문들에서 다시 다른 질문이 쏟아져 나왔다. 안나는 찰리의 여섯 개, 실은 다섯 개인 질문을 빨리 끝내버리고 중요한 문제로 넘어가야겠다고 생각했다. 하지만 곧 첫 번째 질문조차 제대로 정리하지 못할 것 같다는 생각이 들기 시작했다.

안나는 우정에 대한 어정쩡한 설명을 열 번째 반복하고 있었는데, 화면 하단에 글자가 나타났다.

"속도를 내세요." 안나가 아동 심리학자를 힐끗 쳐다봤다. 심리학자는 고개를 끄덕이며 조용히 손짓했다. "하지만 부드럽게." 그가 작게 말했다.

그래, 안나는 생각했다. 속도를 내자. 그렇지만 다시 발을 잘못 디디면 안 된다.

"그만하면 됐어." 안나가 무뚝뚝하게 말했다.

"왜?" 찰리가 물었다.

"지겨워졌어. 다른 걸 하고 싶어."

"알았어." 찰리가 말했다. 안나는 카메라 촬영 범위 바로 바깥에서 미친 듯이 손을 흔드는 호퍼 지서장을 봤다.

"어… 호퍼 지서장님이 아직 여기 계셔. 너와 이야기하고 싶으시대."

"그 사람에게는 너무 안 됐지만, 난 얘기하고 싶지 않아."

잘했어, 안나가 생각했다. 하지만 호퍼는 아직도 손을 흔들고 있었다.

"왜 싫어? 그렇게 나쁜 사람 아니야." 안나는 속이 메스꺼워 구역질이 났지만, 겉으로 드러내지는 않았다.

"그 사람은 나한테 거짓말을 했어. 네가 가버렸다고 했어."

"뭐, 그 사람이 여기 책임자니까…."

"너에게 경고할게." 찰리가 말했다. 그리고 극적인 효과를 위해 잠시 기다렸다가 화면을 향해 손가락을 흔들었다. "그 똥대가리가 돌아오면, 나는 절대로 다시 오지 않을 거야."

안나가 어찌할 수 없다는 표정으로 호퍼 지서장을 쳐다보자, 마침내 그가 고개를 끄덕였다.

"걔들에 대해 이야기하고 싶어." 찰리가 말했다.

그래서 다음 1시간 동안 개에 관해 이야기했다. 안나는 죽은 강아지가 처음 나타났을 때 이 주제를 공부해둔 것을 다행으로 생각했다. 그런데도, 둘 중에 누가 진짜 전문가인지는 의심의 여지가 없었다. 찰리는 개에 대해 알아야 할 모든 정보를 알고 있었다. 그리고 호퍼 지서장이 불렀던 전문가 중에는 안나에게 이 빌어먹을 동물에 대해 정보를 눈곱만큼도 줄 수 있는 사람이 없었다. 안나가 쪽지를 써서 스타이너에게 건네자, 스타이너가 동물학자를 찾으러 나갔다.

비로소 안나는 찰리의 부모들에 관한 대화로 돌릴 수 있었다.

"우리 아빠는 죽었어." 찰리가 인정했다.

"유감이구나." 안나가 말했다. "언제 돌아가셨어?"

"아, 오래전이야. 우주선 조종사였는데, 우주선을 타고 떠나서 다시는 안 돌아왔어." 찰리가 잠시 먼 곳을 바라봤다. 그러다 어깨를 으쓱했다. "내가 정말 어렸을 때야."

"상상임." 심리학자가 화면 하단에 썼다. 하지만 안나도 이미 알고 있었다. 찰리는 탱고 찰리 우주 정거장에 전염병이 발생하고 오랜 시간이 지난 후에 태어났기 때문에, 아이의 아버지가 우주선을 조종해 날아갈 수는 없었을 것이다.

"엄마는?"

찰리가 한참 동안 말을 하지 않자, 안나는 혹시 통신이 끊어진 게 아닌지 의심하기 시작했다. 이윽고 찰리가 고개를 들었다.

"우리 임마랑 이야기하고 싶어?"

"응, 그러면 정말 좋을 거야."

"알았어. 하지만 오늘은 여기까지야. 내가 할 일이 있거든. 너 때문에 일이 많이 밀렸어."

"너희 엄마를 여기로 모셔 오면, 내가 엄마와 이야기할게. 그리고 너는 네 일을 하면 되잖아."

"아니, 그럴 수 없어. 하지만 엄마한테 데려갈게. 그리고 난 일하러 갈 거야. 너하고는 내일 이야기하자."

안나는 내일은 너무 늦다고 항의하기 시작했지만, 찰리는 듣지 않았다. 찰리가 카메라를 집어 들자 화면이 이리저리 흔들렸다. 안나가 볼 수 있는 것은 뒤집혀서 매우 어지럽게 흔들리는 복도의 모습뿐이었다.

"찰리가 350호로 들어갑니다." 스타이너가 말했다. "아이는 저 방에 두 번 들어갔었는데, 두 번 모두 잠깐씩 머물렀습니다."

안나는 아무 말도 하지 않았다. 카메라가 잠시 심하게 흔들리더니 곧 안정되었다.

"이쪽이 우리 엄마야." 찰리가 말했다. "엄마, 이쪽은 내 친구 안나야."

3

안나가 어렸을 때는 모차르트 광장이 존재하지 않았다. 안나가 다섯 살 때 공사가 시작됐고, 열다섯 살 때 첫 단계가 마무리되었다. 그 직후부터 세입자들이 입주하기 시작했다. 이후 해마다 새로운 구역이 열렸다. 모차르트 광장만큼 커다란 구조물은 완공이란 게 없는 법이지만(현재 두 개의 주요 구역에 대한 개조 공사가 진행 중이다), 사실상 6년 전에 완공됐다고 볼 수 있다.

모차르트 광장은 지난 40년 동안 지구에서 무수히 지어졌던 솔레리급 환경 계획 도시 아트리움의 실질적인 복제품이었다. 다만, 지구에서는 위로 쌓아 올리지만, 달에서는 지하로 파고 들어간다는 점이 달랐다.

처음에 길이 25킬로미터, 깊이 3킬로미터의 구덩이를 팠다. 그 폭은 다양하게 만들지만, 1.5킬로미터보다 좁아지거나 8킬로미터보다 넓어지지 않도록 했다. 어떤 곳은 바닥 부분을 윗부분보다 넓게 파서 바위벽이 어렴풋이 드러나도록 만들었다. 이제 그 위에 지붕을 덮고, 공기를 채운 다음 측면에 터널을 뚫기 시작했다. 터널은 아파트와 상점, 그리고 도시에 있는 사람들에게 필요한 온갖 시설로 바뀌었다. 모든 공정을 마치면 어지러운 풍경, 그리고 눈으로 볼 수 있는 것보다 훨씬 높은 곳까지 끝없이 이어진 테라스, 빛과 움직임의 광란, 너무 넓어서 메아리조차 울리지 않는 공간이 펼쳐졌다.

그렇게 모두 설명해도, 아직 모차르트 광장을 다 묘사한 것은 아니다. 말도 안 되는 수준의 웅장함에 다가가기 위해서는 여전히 고려해야 할 세부 사항이 많다. 공중 골프 코스를 지탱하는 수평 지층을 받칠 기둥으로 사용할 6.5킬로미터 높이의 고층 빌딩을 건설해야 했다. 눈에 띄는 지지대가 없는 다리가 열린 공간을 종횡으로 교차하고, 따개비처럼 달라붙은 상점과 주택으로 둘러싸여 있었다. 은색 풍선에 아파트 건물을 매달아 하루의 절반은 올라가고 절반은 내려오게 했는데, 글라이더만 접근할 수 있었다. 나이아가라 폭포보다 많은 물을 쏟아내는 분수와 거대한 나선형 경사로에 스키 슬로프를 설치했다. 중앙부에 15킬로미터의 호수를 파고, 양쪽 끝에 호화로운 선박이 부지런히 오가는 번화한 항구를 만들고, 발코니에 활주로를 부착해 주민들이 집 앞에서 날아오를 수 있도록 하고, 내부를 제펠린 비행선용 공항과 철도역, 공중 정원을 설치하면… 아직 모차르트 광장을 다 묘사한 것은 아니지만, 그래도 점점 가까워지고 있다.

안나가 자란 뉴드레스덴의 상층부 구시가지 지역은 검소하고 밀실 공포증을 불러일으킬 정도로 답답했다. 안나가 태어나기 훨씬 전부터 달 주민들은 여유가 생기면 더 큰 집을 짓기 시작했다. 도시

의 하층부 신시가지는 폭 8백 미터, 약 50층 깊이
정도의 열린 공간으로, 모차르트 광장의 소규모 변
형이 여기저기에 자리 잡고 있었다. 이런 확장은
당연히 일어날 수밖에 없었다.

안나는 모차르트 광장이 너무 과하고, 너무 거
대하고, 공간의 낭비이며… 이상하게 너무 획일화
되어 있어서, 싫어해야 한다고 생각했다. 프랑스
파리가 일본 도쿄와 똑같아 보이는, 옛 지구의 식
상한 문화를 맛보는 것 같았다. 클라비우스에 새로
지어진 베토벤 광장에 가본 적이 있는데, 그곳도
여기와 똑같았다. 다른 달 도시들에도 환경 생태
상점가가 여섯 개 더 건설되고 있었다.

그런데 안나는 모차르트 광장을 좋아했다. 그건
어쩔 수 없었다. 언젠가는 여기에서 살고 싶었다.

안나는 분주한 중앙역에서 튜브 캡슐을 내려,
터미널로 가서 그레이트노던호의 위치를 조회했
다. 그레이트노던호는 8킬로미터 떨어진 남쪽 항
에 정박해 있었다.

모차르트 광장에서는 지금껏 인류가 사용해봤

던 운송 수단 중 동물을 이용하지 않는 모든 종류의 운송 수단을 이용할 수 있다고 한다. 안나는 그 주장을 의심하지 않았다. 그래서 거의 모든 종류의 운송 수단을 시도해봤었다. 하지만 오늘처럼 시간이 조금 나면 걸어가는 것을 좋아했다. 8킬로미터를 걸어갈 시간은 없었지만, 1킬로미터 떨어진 전차 역까지 걸어가는 정도로 타협했다.

안나는 벽돌 산책로에서 시작해서, 시원한 대리석으로 이동했다가, 내부에서 조명이 번쩍이는 유리 다리 위로 이동했다. 이어서 널빤지를 깐 산책로를 지나 기계가 1.2미터의 파도를 만들어내는 해변으로 내려갔다. 파도가 올 때마다 새로운 무리의 서퍼들이 올라탔다. 뜨겁고 고운 모래가 발가락 사이로 파고들었다. 모차르트 광장은 발에 감각적인 즐거움을 주었다. 신발을 신는 달 주민은 거의 없었는데, 맨발로도 온종일 뉴드레스덴 구시가를 걸을 수 있었으며, 다양한 종류의 카펫과 바닥재를 느낄 수 있었다.

모차르트 광장에서 싫어하는 한 가지는 날씨였

다. 안나가 생각하기엔 불필요하고, 어리석고, 불편했다. 여느 때처럼 비가 내리기 시작하자, 방심했던 안나는 당황했다. 서둘러 비를 피할 수 있는 곳으로 들어가 10마르크에 우산을 대여했지만, 종이로 만든 경찰 제복을 살리기에는 이미 너무 늦었다. 안나는 선풍기 앞에서 몸을 말리면서 종이 제복을 뭉쳐서 던져버렸다. 그리고 서둘러 전차에 올라탔다. 안나는 삐그덕거리는 가죽 장비 벨트와 경찰 모자 외에는 벗은 상태였다. 그렇게 벗었어도, 안나는 주변 사람 중 4분의 1보다 많은 옷을 입고 있었다.

차장이 안나에게 종이 매트를 줘서 인조 가죽 의자에 깔았다. 차 옆에는 크리스털 화병에 생화들이 담겨 있었다. 안나는 열린 창가에 앉아, 시원한 바람을 맞으며 한쪽 팔을 밖으로 내밀고 기대어, 창밖으로 지나가는 풍경을 바라봤다. 안나는 머리 위로 그라프 체펠린 비행선이 털털거리며 지나갈 때 목을 쭉 빼고 구경했다. 세계 최초의 비행선을 정확히 복제한 비행선이라고들 했는데, 안나는 그 말을 의심할 이유가 없었다.

여행하기 좋은 날이었다. 한 가지만 빼면 완벽할 것 같았다. 찰리와 찰리 엄마가 머릿속에서 계속 맴돌았다.

★

안나는 그레이트노던호가 얼마나 큰지 잊고 있었다. 그 배에 타기 위해 긴 선착장을 내려가다가 두 번 멈췄는데, 한 번은 라임 샤베트 아이스크림을 사기 위해, 그리고 또 한 번은 스커트를 사기 위해서였다. 안나는 옷 자동판매기에 동전을 넣으며 배의 거대한 금속 벽을 바라봤다. 배는 하얗게 칠해져 있었고, 금빛으로 장식되었다. 굴뚝이 다섯 개, 그리고 우뚝 솟은 돛대가 여섯 개였다. 배의 중앙에 거대한 외륜이 자리 잡고 있었다. 색색의 삼각 깃발이 빼곡하게 밧줄에 매달려 산들바람에 펄럭거렸다. 정말 큰 배였다.

안나는 아이스크림을 다 먹고, 자기 신체 치수를 입력한 다음, 열대 과일과 야자수가 화려하게 인쇄된 무릎 위까지 내려가는 단순한 치마를 선택했다. 기계가 종이를 크기에 맞게 자르고, 밑단을 재단하고, 고무줄로 허리를 보강한 다음 안나의 손 위에 펼쳐줬다. 안나가 몸에 대봤다. 괜찮았지만, 장비 벨트가 걸리적거렸다.

부두를 따라 사물함이 있었다. 안나는 또 다른 동전을 이용해 사물함을 대여했다. 사물함에 벨트와 모자를 집어넣었다. 안나는 머리에서 핀을 빼고 흔들어 머릿결을 어깨까지 내렸다. 그리고 잠시 이리저리 정신 사납게 만져보다가 그냥 이대로 가자고 마음먹었다. 안나는 치마를 단추 하나만 잠그고, 남태평양 스타일로 엉덩이 부위까지 낮게 내려서 입었다. 그리고 몇 걸음 걸으며 결과를 살펴봤다. 치마의 한쪽 다리가 드러났지만, 그 느낌이 좋았다.

"너 자신을 봐." 안나가 작은 소리로 스스로를 꾸짖었다. "이렇게 입고 세계적으로 유명하고 화려한 방송계 유명인을 만나러 가겠다고? 누굴 엿 먹이려는 거야?" 안나는 벨트를 되찾을까 하다가, 그건 어리석은 짓이라고 결론지었다. 사실, 오늘은 영광스러운 날이었으며, 아름다운 배가 있었다. 몇 달 만에 살아 있는 느낌을 받았다.

안나가 건널 판자에 올라갔다. 그런데 배 위에 기괴한 제복을 입은 남자가 있었다. 얼굴만 빼고 전부 흰색으로 덮은 남자는 금색 끈과 검은색 단추로 장식했다. 끔찍하게 불편해 보였지만, 그 사람은 신경 쓰지 않는 것 같았다. 그런 게 모차르트 광장의 이상한 점 중 하나였다. 그레이트노던호 같은 곳에서 일하는 사람들은 종종 시대 의상을 차려입고 일하곤 했는데, 그것은 기괴한 신발 같은 것을 신거나 입는다는 의미였다.

그 사람이 고개를 까딱하며 모자에 가볍게 손을 댔다. 그리고 안나에게 히비스커스꽃을 건네주며, 머리에 꽂을 수 있도록 도와주었다. 안나가 남자에게 미소를 지었다. 안나는 이런 대우 받는 것을 좋아하는데, 기회가 거의 없었다.

"최상층 갑판에서 만나기로 한 사람이 있어요."

"마담께서 이쪽으로 오시면…." 남자가 손짓했

다. 그리고 옆 난간을 따라 선미 쪽으로 안나를 이끌었다. 갑판 바닥은 반짝이는 광택이 나는 티크 나무였다.

★

안나는 난간에서 가까운 고리버들 테이블로 안내받았다. 승무원이 안나를 위해 의자를 잡아주고 주문을 받았다. 안나는 환경 생태 상점가의 광활한 공간을 바라보며, 밝은 햇살이 몸을 감싸는 것을 느끼고, 바닷물 냄새를 맡고, 나무 말뚝에 부딪히는 파도 소리를 들으며 긴장을 풀었다. 하늘에는 밝은색의 풍선과 글라이더, 통통 튀는 나노 조명, 근육으로 작동시키는 비행장치를 착용한 사람들이 가득했다. 얼마 지나지 않아 물고기 한 마리가 수면 위로 올라왔다. 안나가 그 모습을 보며 활짝 웃었다.

민트 가지들과 여러 개의 빨대, 그리고 작은 파라솔 하나가 꽂힌 음료가 도착했다. 맛있었다. 안나가 주위를 둘러봤다. 갑판에는 사람이 몇 명밖에 없었다. 한 커플은 시대 의상을 차려입고 있었지만, 다른 사람들은 평범한 옷차림이었다. 안나는 갑판 건너편에 혼자 앉아 있는 한 남자에게 시선이 꽂혔다. 남자는 어깨가 아주 듬직했다. 안나는 그 남자와 눈길이 마주치자 손짓으로 신호를 보냈다. '난 좋아.' 남자가 그 신호를 무시했다. 안나는 잠시 짜증이 났지만, 그 남자가 키가 150센티미터도 안 되는 조그마한 여자와 합류하는 모습을 보고는 어깨를 으쓱했다. 취향을 고려하지 못했다.

안나는 자신에게 무슨 일이 일어나고 있는지 잘 알고 있었다. 어리석은 짓이라는 걸 알지만, 사냥을 나가고 싶었다. 직장에서 충격적인 일을 당하거나, 불쾌한 일이 발생했을 때 종종 그랬다. 경찰 정신과 의사는 그것이 보상심리라고 했고, 드문 일이 아니라고 했다.

안나는 한숨을 내쉬며 마음을 돌렸다. 하지만 마음은 탱고 찰리 우주정거장의 그 방, 그리고 침대에 있던 '그것'으로 자꾸 돌아갔다.

찰리는 엄마가 많이 아프다는 사실을 알고 있

었다. 엄마는 '아주 아주 오랫동안' 그 상태로 있었다. 찰리는 카메라를 엄마를 향해 두고, 개들을 돌보기 위해 자리를 비웠다. 의사들이 모여 한참 동안 그 상황을 살펴본 후 진단을 내렸다.

당연히, 찰리의 엄마는 사망했다. 지난 한 세기 동안 의료과학이 받아들인 개념에 따르면 그렇다.

아마도 전염병의 마지막 단계에서 누군가가 그녀를 로봇 의사에 연결했을 것이다. 이 로봇은 환자를 살리기 위해서라면 무엇이든 할 수 있었겠지만, 뇌사를 이해하도록 프로그램되어 있지 않았다. 뇌사 판정은 인간 의사가 도착해서 결정할 문제였다.

그러나 의사는 도착하지 않았다. 의사는 사망했지만, 찰리의 엄마였던 그것은 계속 살아갔다. 안나는 '살다'라는 동사가 이렇게 남용된 적이 있었는지 궁금해졌다.

괴저로 팔과 다리가 모두 사라졌다. 그 외에는 아무것도 보이지 않았지만, 튜브와 전선 무더기가 몸뚱이로 들어가고 나왔다. 액체가 조직으로 천천히 스며들었다. 기계가 중요한 모든 기관의 기능을 대신했다. 찰리가 방을 나가기 전에 뽀뽀했던 머리의 옆 부분을 포함해서 여기저기에 녹색을 띤 피부 조각들이 있었다. 안나는 그 모습이 떠오르자 서둘러 한 잔을 마시고, 웨이터에게 한 잔 더 달라고 신호를 보냈다.

블룸 박사와 빌헬름 박사는 넋을 놓고 그 모습을 바라봤다. 그들은 그 몸뚱이의 어느 부분도 아직 살아 있을 거라고는 생각할 수 없었다. 심지어 세포 배양의 측면으로 봐도 부정적이었다. 하지만 탱고 찰리 우주정거장의 컴퓨터(소녀에게는 '똑딱이')가 자동 진단기의 데이터 출력에 접근하지 못하도록 막아서 생사를 확인할 방법이 없었다.

그런데 찰리의 엄마가 30년 전에 사망했다고 모두 확신하자마자 매우 흥미로운 의문이 떠올랐다.

★

"안녕, 안나. 늦어서 미안해."

안나가 고개를 들어 다가오는 메건 갤러웨이를

바라봤다.

안나는 메건을 10년이 넘도록 만나지 않았지만, 다른 사람들과 마찬가지로 방송에서 그녀를 종종 보긴 했다.

메건 갤러웨이는 지구인 여성치고는 키가 컸고, 안나가 기억하던 모습처럼 마른 편은 아니었다. 하지만 최근 메건에게 일어난 삶의 변화를 고려하면 이해가 됐다. 머릿결은 10년 전과 달리 새빨갛고 곱슬곱슬했다. 아마도 그게 자연스러운 머리카락 색일 것이다. 메건은 거의 누드에 가까웠고, 머리카락 색이 잘 어울렸지만, 그게 큰 의미가 있는 것 같지는 않았다. 하지만 메건에게 잘 맞았다.

메건은 이상하게 생긴 은색 슬리퍼를 신었고, 상체에는 금색으로 아름다운 곡선의 가는 선이 새겨져 있었다. 일종의 문신이었는데, '황금 집시'라고 불리던 기계를 해체하고 남은 부분이었다. 지극히 상징적이었다. 메건은 황금 집시 덕분에 많은 돈을 벌었다.

메건 갤러웨이는 10대 때 목이 부러졌었다. 그

래서 전동 외골격의 초기 개발에 참여하게 됐는데, 이 연구를 통해 엄청나게 비싸고 아름다운 황금 집시가 제작됐다. 황금 집시는 이때 딱 한 대만 만들어졌다. 메건은 휠체어나 목발이 필요하지 않게 되었다. 덕분에 메건은 자기 삶을 되찾고 유명인이 되었다.

외골격 사용법을 연구하면서 나타난 특이한 부산물로, 감정 기록이라는 새로운 분야에서 탁월한 능력을 발휘할 수 있는 기술이 개발되었다. 이 기술을 '필리'라고 불렀다. 전 세계는 사지 마비 환자가 새로운 예술 형식을 지배하는 모습을 잠시 즐겼다. 메건은 최고의 '트랜스 자매'로 유명해졌다. 메건의 트랜스 테이프가 다른 테이프들보다 훨씬 많이 팔려서 메건은 부자가 되었다. 메건은 현명한 투자로 엄청난 부자가 되었는데, 그 후 메건과 안나의 친구는 사랑에 빠지는 경험을 최초로 트랜스 테이프에 담아서 판매해 터무니없는 부자가 되었다.

어떤 의미에서, 메건은 스스로 병을 고쳤다. 메건은 언제나 신경학 연구에 많은 돈을 기부하면서도, 연구가 성과를 거둘 것이라고는 전혀 기대하지 않았었다. 하지만 연구는 성공했고, 3년 전 메건은 황금 집시를 영원히 던져버렸다.

안나는 메건이 완전히 치료됐다고 생각했었지만, 지금은 그 생각에 의심이 들었다. 메건이 아름다운 수정 지팡이를 들고 있었기 때문이었다. 지팡이는 보여주기 위한 게 아닌 것 같았다. 메건은 지팡이에 무게를 실어 기대며, 천천히 탁자들 사이를 지나쳐 왔다. 안나가 자리에서 일어나기 시작했다.

"아냐, 아냐. 그럴 필요 없어." 메건이 말했다. "시간이 좀 걸리긴 하지만, 거기로 갈게." 메건이 그 유명한 미소를 찬란하게 비추자, 앞니 사이의 틈이 보였다. 이 여자의 특별한 매력이었다. 그 미소가 너무 강렬해서, 안나 역시 자신도 모르게 미소를 지었다. "걷는 걸 너무 좋아해서 시간이 좀 걸려도 괜찮아."

메건은 웨이터가 의자를 뒤로 당겨주자, 안도의 한숨을 내쉬며 자리에 앉았다.

"데블스 나이트라이트 한 잔 주세요." 메건이 웨

이터에게 말했다. "그리고 안나에게도 뭐든지 한 잔 주세요."

"난 바나나 다키리요." 안나는 자신이 음료를 거의 다 마셨다는 사실을 깨닫고는 놀랐다. 그리고 데블스 나이트라이트가 어떤 건지 알고 싶어 조금 호기심이 생겼다.

메건이 풍선과 글라이더를 바라보며 스트레칭을 했다.

"달로 돌아오니까 정말 좋아." 메건이 말했다. 그러고는 소심한 손동작으로 자기 몸을 가리켰다. "옷을 벗으니까 너무 좋아. 달에만 오면 언제나 진짜 자유로운 느낌이 들어. 그런데 웃기는 게 있어. 신발을 벗는 건 도저히 익숙해지지 않더라." 메건이 한 발을 들어 슬리퍼를 보여줬다. "난 신발을 안 신으면 너무 위험에 노출된 기분이 들어. 꼭 금방이라도 밟힐 것 같다니까."

"지구에서도 옷을 벗을 수 있잖아." 안나가 지적했다.

"물론, 그런 곳도 있지. 하지만 해변을 제외하고

는 발가벗는 게 유행하는 곳은 없어, 안 그래?"

안나는 그렇게 생각하지 않았지만, 이 화제에서 벗어나야겠다고 판단했다. 안나는 달에서 사회적 노출이 발전한 것은 덥지도 춥지도 않기 때문이며, 지구인들이 옷을 벗고 지내는 생활을 달 주민들처럼 온전히 수용하지 못하리라는 것을 알고 있었다.

음료가 도착했다. 안나는 자기 음료를 한 모금 마시면서 메건의 음료를 바라봤다. 메건이 주문한 음료에서는 10초마다 빛이 나는 연기 고리가 올라왔다. 메건은 한동안 별로 의미 없는 잡담을 계속했다.

"내가 만나자고 했을 때 왜 그 제안을 받아들였어?" 이윽고 메건이 물었다.

"그건 내가 물어봐야 하는 질문 아닌가?"

메건이 한쪽 눈썹을 치켜올리자, 안나가 계속 말했다.

"넌 대단한 기삿거리를 이미 갖고 있었잖아. 왜 네가 그 이야기를 그냥 이용하지 않았는지 이해가 안 돼. 10년 전에도 거의 알지 못했고, 그 후로는 만난 적이 없고, 그 당시에도 좋아하지 않았던 사람과 왜 약속을 잡은 거야?"

"나는 늘 너를 좋아했어, 안나." 메건이 말했다. 그리고 하늘을 올려다봤다. 한참 동안 스카이사이클 페달을 밟는 연인 한 쌍을 올려다보다가, 다시 안나를 바라봤다. "내가 너한테 뭔가 빚을 진 느낌이 들어. 어쨌든, 네 이름을 보고는 너에게 확인받아야 한다는 생각이 들었어. 너에게 문제를 일으키고 싶지는 않아." 갑자기 메건이 화난 표정을 지었다. "난 그런 기사 없어도 돼, 안나. 난 이미 너무커버려서 어떤 기사도 필요 없어. 사건이 흘러가도록 그냥 내버려두든, 그걸 이용하든 아무런 차이도 없어."

"아, 멋지네." 안나가 말했다. "네가 어떻게 네빚을 갚겠다는 건지 이해가 안 돼. 지구에서는 뭔가 다른 방식으로 갚나?"

안나는 메건이 자리에서 일어나 가버릴 거라고 생각했다. 메건은 지팡이로 손을 뻗었다가 생각을 고쳤다.

"그렇다면 내가 그 기사를 계속 진행해도 상관없겠네."

안나가 어깨를 으쓱했다. 어차피 안나는 찰리에 관해 이야기하러 여기에 온 게 아니었다.

"그나저나 쿠퍼는 어떻게 지내?" 안나가 물었다.

메건이 이번에는 눈길을 돌리지 않았다. 거의 1분 동안 말없이 안나의 눈을 응시했다.

"나는 내가 그 질문을 받을 마음의 준비가 된 줄 알았어." 이윽고 메건이 말했다. "쿠퍼는 뉴질랜드에 있는 한 공동체에 살고 있어. 내 정보원 말로는 행복하게 산대. 그 공동체는 텔레비전을 보지 않고, 결혼도 하지 않아. 그들은 예배를 드리고, 성관계를 많이 해."

"그 테이프… 수익의 절반을 쿠퍼에게 줬다는 게 사실이야?"

"그래. 줬고, 주고 있고, 죽을 때까지 계속 줄 거야. 그리고 그건 총액의 절반이지만, 제길, 그건 완전히 다른 이야기야. 수입으로 들어오는 모든 마르크의 절반이 쿠퍼에게 가. 나보다 더 많이 벌었어….

그런데 쿠퍼는 10분의 1도 건드리지 않았어. 그 돈은 내가 쿠퍼의 이름으로 개설한 스위스 계좌에 쌓이고 있어."

"뭐, 쿠퍼는 아무것도 안 팔았으니까."

안나는 그렇게 거슬리게 말하려던 의도가 아니긴 했지만, 메건도 그 말을 신경 쓰지 않는 것 같았다. 메건이 팔아치운 것은….

Q.M. 쿠퍼만큼 철저하게 배신당한 사람이 있었을까? 안나는 궁금했다. 안나가 쿠퍼를 사랑했었는지는 잘 모르겠지만, 쿠퍼는 메건 갤러웨이에게 완전히 푹 빠졌었다.

그리고 메건도 쿠퍼를 사랑했었다. 그 점에 대해서는 실수가 있을 수 없었다. 그 사랑을 의심하는 사람은 '사랑'이라는 간단한 제목의 감정 기록 테이프 〈황금 집시 카탈로그 #1〉을 참고해보라. 트랜스 테이프 플레이어에 넣고 헤드셋을 착용한 후 재생 버튼을 누르면, 메건이 얼마나 강렬하게, 그리고 얼마나 완벽하게 Q.M. 쿠퍼를 사랑했는지 경험하게 될 것이다. 그러나 사용하기 전에 먼저 머리를 검사

받아라. 〈황금 집시 카탈로그 #1〉은 자살 충동을 자극하는 것으로 유명하다.

쿠퍼는 이게 진정한 사랑을 가로막는 장애물이라는 사실을 깨달았다. 그는 항상 사랑은 두 사람 사이의 일이며, 배타적이고 사적인 것이라고 생각했다. 쿠퍼는 메건이 그 테이프를 대량 생산해서, 음반 해설과 14.95 달마르크라는 가격표를 붙인 상자에 담아 미국부터 티베트까지 모든 트랜스 테이프 가게마다 판매하리라고는 예상하지 못했었다.

끝내 지구 반대편의 작은 사이비 종교 집단으로 피신한 이 남자에게 가장 아이러니한 사실은, 그에게 배신과 굴욕의 도구였던 테이프 자체가 메건이 그의 사랑에 화답하려 했다는 증거라는 점이었다.

그런데 메건이 그걸 팔았다. 메건에게 나름의 이유가 있었다던가, 안나가 상당히 공감할 수 있던 이유가 있었다던가 따위의 사실은 중요하지 않다.

메건은 그걸 팔았다.

안나가 그 사건에서 얻은 것이라곤 쿠퍼와 닮

은 지구인 근육질의 연인을 찾아야 한다는 강박뿐이었다. 이제 안나는 뭔가 다른 것을 얻을 수 있을 것 같았다. 대화의 주제를 바꿔야 할 때가 되었다.

"찰리에 대해 뭘 알아냈어?" 안나가 물었다.

"모든 정보를 다 원해? 아니면 대충 일반적인 생각만?" 매건은 대답을 기다리지 않고 말을 이었다. "나는 그 여자의 진짜 이름이 '샬럿 이솔더 힐 퍼킨스-스미스'라는 걸 알아. 그 여자의 아버지는 사망했고, 어머니의 상태는 논쟁의 여지가 있는 것으로 알고 있어. 어머니 '레다 퍼킨스-스미스'는 살아 있다면 재산이 많았을 거야. 만약 사망했다면, 그 딸이 물려받았겠지. 나는 찰리가 기르는 개 열 마리의 이름도 알아. 그리고, 아, 그래, 겉보기와 달리, 그 여자가 서른일곱 살이라는 것도 알아."

"매우 최신 정보를 갖고 있네."

"정보원이 아주 좋거든."

"그 사람 이름을 말해줄 수 있어?"

"당분간은 넘어갈게." 매건이 앞에 놓인 탁자 위에 깍지 낀 손을 올려놓고, 편안한 눈길로 안나를 바라봤다. "자, 내가 어떻게 해주면 좋겠어?"

"정말 그렇게 간단해?"

"내 프로듀서들은 나를 죽이려 하겠지만, 네가 원한다면 최소한 24시간 동안은 기사를 깔고 앉을 수 있어." 메건이 자리에서 몸을 돌려, 다른 식탁에 앉아 있는 사람들을 손짓으로 불렀다. "네가 내 프로듀서들을 만날 시간이 된 것 같아."

안나가 고개를 살짝 돌리자, 프로듀서들이 그들의 탁자로 다가오는 모습이 보였다.

"이쪽은 마이어 쌍둥이야. 조이와 제이. 웨이터, 혹시 셜리 템플과 로이 로저스 만들 줄 알아요?"

웨이터는 그렇다고 말하고 주문을 받아 떠났다. 그사이 조이와 제이가 의자를 당겨와 앉았다. 그들은 탁자에서 조금 떨어져 있었지만, 서로 아주 가까이 붙어 있었다. 그들은 안나에게 악수를 청하지 않았다. 두 사람 모두 팔이 없었는데, 절단 흔적은 보이지 않았고, 어깨가 둥글게 맨살이 드러나 있었다. 두 사람 모두 황금색 철사로 결합시키고 작은 모터로 구동되는 의수를 달고 있었다. 의수는 멜빵처럼 등에 착용하는 일체형이었다. 가볍고 통풍이 잘되며, 관절이 완벽하게 움직이고, 교묘하게 가공되어 아주 예뻤지만, 소름이 끼치기도 했다.

"암파롤에 대해 들어봤어?" 메건이 물었다. 안나는 고개를 저었다. "이걸 가리키는 속어야. 신 무슬림의 관습이지. 조이와 제이는 살인죄로 유죄판결을 받았어."

"그건 들어봤어." 안나는 그런 형벌에 별로 관심이 없었고, 지구인의 또 다른 멍청한 짓거리로 생각하고 잊어버렸었다.

"두 사람은 팔을 20년 동안 냉동 보관하는 형벌을 받았어. 이론상으로는, 이들이 더 이상 죄를 짓지 않으면 돌려받을 거야. 저 의수로는 총이나 칼을 들지 않고, 주먹을 날리지도 않을 거야."

조이와 제이는 완전히 무신경한 얼굴로 그 말을 듣고 있었다. 안나가 그들의 팔에서 관심을 돌리자, 또 다른 특이한 점이 눈에 들어왔다. 두 사람은 똑같이 헐렁한 나팔바지를 입고 있었다. 조이는 작은 가슴이 있었고, 제이는 작은 콧수염이 있었다. 그 외에는 얼굴과 몸이 완전히 똑같았다. 안나는 그런 인상에 대해 무관심했다.

"쌍둥이는 대뇌에서 일부를 떼어내고, 어떤 약물의 유지 용량을 투여받고 있어. 두 사람을 진정시키는 방법이야. 이들이 누구를 어떻게 죽였는지는 모르는 게 나아. 하지만 이 쌍둥이는 제대로 된 악당이었어."

'그래, 알고 싶지 않아.' 안나가 생각했다. 다른 경찰들처럼, 안나는 눈을 바라봤다. 조이와 제이의 눈은 차분하고 평온했다…. 하지만 그 깊은 곳에는 강철 같은 회색의 냉기가 숨어 있었다.

"이들이 다시 거치게 굴려고 하면, 암파롤로 잘린 팔을 없애버릴 거야. 그들이 쌍둥이의 다리를 잘라낼 방법을 찾을 수도 있겠지."

쌍둥이가 서로를 바라봤다. 그들은 잠시 서로의 눈을 지긋이 보더니, 탐내는 듯한 미소를 주고받았다. 안나는 그게 그저 아쉬워하는 미소이길 바랐다.

"그래, 알았어." 안나가 말했다.

"쌍둥이는 걱정하지 마. 복용하는 약 때문에, 범

죄를 저지를 수 없어.”

"걱정하지 않았어.” 안나가 말했다. 하지만 어쩔 수 없이 그 괴물들이 어떻게 느끼는지에 계속 신경 이 쓰였다. 차라리 그들이 처형되어버렸으면 나았 을 거라는 생각이 들었다.

"이 둘은 정말 쌍둥이야?” 마침내 안나가 생각을 억누르고 질문했다.

"응. 정말이야. 둘 중 한 명이 성전환했는데, 어 느 쪽인지는 모르겠어. 그리고 네 다음 질문에 대 답하자면, 맞아. 이들은 해. 하지만 자기네 방에서 자기네끼리만 있을 때 해.”

"나는 그걸….”

"그리고 다음 질문은… 쌍둥이는 자신들이 맡 은 일을 아주 잘하고 있어. 내가 뭔데 다른 사람들 을 판단하냐고? 나는 사람들의 눈에 잘 띄는 업계 에 종사하고 있잖아. 주변에 이야깃거리가 되는 존 재를 데리고 있는 건 나쁘지 않아. 주목받아야 하 니까.”

안나는 슬슬 화가 나기 시작했지만, 이유가 뭔

지 알 수 없었다. 그 쌍둥이를 데리고 다닌다고 비난하는 사람이 아무도 없는데도, 메건이 자신의 저속한 동기를 그렇게 유쾌하게 인정했기 때문이었을 것이다.

"그 기사 이야기로 돌아가자." 안나가 말했다.

"우리도 끼워줘." 조이가 말했다. 안나가 깜짝 놀랐다. 왠지, 사이보그 같은 그들이 말을 하리라고는 예상하지 못했기 때문일 것이다. "우리 정보원은 훌륭하고, 기사에 대한 보안도 철저해⋯."

"⋯하지만 24시간 안에 기사가 나올 게 확실해." 제이가 조이의 말을 이어받아서 마쳤다.

"그보다 빨리 나올 수도 있어." 조이가 덧붙였다.

"닥쳐." 메건이 열을 내지 않고 적당히 말했다. "안나, 이 문제에 대한 네 생각을 말하려던 참이었어."

웨이터가 음료를 더 가져오자, 안나가 자기 잔을 비웠다. 안나는 쌍둥이가 음료를 마시는 모습을 멍하니 바라봤다. 금속으로 만든 손은 경이로울 정도로 정교했다. 실제 손처럼 잘 움직였다.

"나는 내가 직접 정보를 흘릴까 고민했었어. 상

황이 찰리에게 불리하게 진행되는 것 같았거든. 우주정거장이 부서지도록 내버려두고, 우리 모두에게 비밀을 지키도록 서약하게 할지도 모른다는 생각이 들었어." 안나가 말했다.

"오늘날의 발전이 찰리에게 유리하게 작용할 수 있다니 놀랍네." 메건이 말했다.

"그래. 하지만 찰리가 부럽지는 않아."

"나도 그래. 하지만 영생의 비밀을 간직한 소녀를 소홀히 다루는 건 쉽지 않을 거야. 그랬다가는, 나중에 누군가가 곤란한 질문을 하게 될 테니까."

"영생이 아닐 수도 있어." 안나가 말했다.

"그러면 저걸 뭐라고 부를 거야?" 제이가 물었다.

"왜 그렇게 생각해?" 조이가 궁금해서 물었다.

"우리가 아는 것은 찰리가 30년 동안 외형적으로 나이를 먹지 않고 살았다는 사실뿐이야. 실제로 무슨 일이 일어나고 있는지 알아내려면 찰리를 훨씬 더 자세히 검사해봐야겠지."

"그리고 그렇게 해야 한다는 압력이 있을 거야."

"맞아. 천 년 안에 가장 큰 의학적 돌파구가 될

수도 있어. 나는 찰리에게 일어난 일이 영생이 아니라, 젊음의 연장인 것 같아."

메건이 생각에 잠긴 표정으로 말했다. "있잖아. 내 생각엔 영생보다는 젊음을 연장하는 게 더 인기가 있을 것 같아."

"네 말이 맞는 거 같아."

그들은 한동안 침묵 속에서 생각에 잠겼다. 안나가 웨이터에게 한 잔 더 달라고 신호를 보냈다.

"어쨌거나…." 안나가 계속 말했다. "찰리는 당장 보호가 필요한 것 같지는 않아. 하지만 아마 곧 필요해질 거야."

"그러니까 넌 찰리를 죽게 내버려두는 것에 찬성하지 않는다는 거네."

안나는 놀란 표정으로 고개를 들었다. 기분이 나빠지기 시작했는데, 빌헬름 박사가 떠올랐다. 그 훌륭한 의사는 괴물이 아니었다. 그리고 뉴로-X의 특성을 고려하면, 메건의 질문은 합리적이었다.

"찰리를 구하고, 찰리로부터 우리 자신을 보호할 방법이 있을 거야. 어쨌든, 그게 내가 원하는 방향이야."

"그럼 이 문제를 정리해볼게. 넌 정보를 흘려서 대중의 항의를 유도해서 경찰이 찰리를 구하도록 만들 생각이었어?"

"그렇지. 내 생각엔…." 안나는 문득 메건의 말이 무슨 의미인지 깨닫고 말꼬리를 흐렸다. "네 말은…."

메건이 성마른 표정으로 손을 저었다.

"여러 가지 요인의 영향을 받지만, 대부분은 기사를 어떻게 다루느냐에 따라 달라져. 만일 전염병 이야기로 시작하면, 찰리를 하늘에서 날려버리고 끝내야 한다는 압력이 커질 거야." 메건이 제이와 조이를 바라봤다. 쌍둥이는 약물에 취해 몽롱한 상태로 있었다.

"그렇지, 그렇지." 제이가 말했다. "당시 전염병이 워낙 요란했으니까, 거의 모든 사람이 기억한단 말이야. 희생자들의 끔찍한 영상을 이용하고…."

"…명석한 두뇌들을 준비시켜서 겁주기 시작할 거야." 조이가 말했다.

"영상을 시작한 후 흐느끼는 소리를 추가할 수

도 있어.”

"비극이로다. 우리 모두를 위해 이 어린 소녀가 죽어야 한다니.”

"침울한 해설, 그리고 소녀가 죽어가는 모습을 지켜보는 세계.”

"넌 해낼 수 있어. 아무 문제 없어.”

안나의 머리가 쌍둥이 사이에서 탁구공처럼 왔다 갔다 했다. 메건이 말할 때는 고개를 돌려 메건을 바라보는 게 쉽지 않았다.

"아니면 어린 소녀부터 시작할 수도 있지.” 메건이 자극을 줬다.

"훨씬 낫지.” 조이가 말했다. "이야깃거리가 두 배로 많잖아. 분노에 찬 폭로 '시민 여러분, 알고 계셨습니까….'”

"'…이 어린 소녀가, 이 순박한 아이가 저기 우주에서 빙글빙글 돌고 있는데, 곧 죽을 운명입니다!'”

"부유한 어린 소녀라는 사실도. 그리고 죽어가는 소녀의 어머니.”

"뒷부분에서 영생에 대해서도 다루고.”

"그건 너무 빨리 이야기하면 안 돼." 조이가 경고했다. "처음에는 평범한 소녀인 거야. 두 번째 이야기는 소녀에게 돈이 많다는 사실."

"세 번째 이야기는 소녀가 영원한 젊음의 열쇠를 쥐고 있다는 사실."

"불멸!"

"젊음, 감미로운 젊음. 영원히 사는 게 어떤 건지 누가 알겠어? 젊음을 팔 수 있어. 팔 수 있는 건 그것뿐이지."

"메건, 이건 예수 이후로 가장 큰 이야기야."

"그게 아니라도, 여하튼 우리가 가장 큰 이야기로 만들 거야."

"저 쌍둥이가 왜 그렇게 가치가 있는지 알겠지?" 메건이 말했다. 안나는 메건의 말이 거의 들리지 않았다. 안나는 자신이 이 상황에 대해 알고 있다고 생각했던 것들을 재평가하고 있었다.

"어떻게 해야 할지 모르겠어." 마침내 안나가 고백했다. "너에게 무엇을 부탁해야 할지도 모르겠어. 나는 네가 최선이라 생각하는 것들을 따라야 할 것 같아."

메건이 미간을 찌푸렸습니다.

"직업적으로, 그리고 개인적으로, 나는 찰리를 돕고 싶어. 이유는 나도 확실히 모르겠어. 찰리는 위험한 존재잖아."

"나도 알아. 하지만 우리가 찰리를 감당할 수 없다는 사실이 믿기지 않아."

"나도 그래." 메건이 시계를 힐끗 쳐다봤다. "있잖아, 잠깐 우리랑 어디 좀 같이 가자."

★

안나가 처음에는 거부했지만, 메건은 거부하기 힘든 사람이었고, 안나의 항의도 드세지 않았다.

그들은 쾌속정, 전차, 비행기를 이용해 모차르트 광장의 정상에 빠르게 도착했다. 거기에서 안나는 4인승 PTP, 즉 원하는 지점에서 지점으로 (Point to Point) 이동하는 탄도 우주선을 탔다.

안나는 PTP를 타본 적이 없었다. PTP는 대체로 여행 시간을 몇 분 아끼는 것에 비해 너무 많은 에너지를 낭비했기 때문에, 흔히 볼 수 있는 운송 수단이 아니었다. 대부분의 사람들은 달의 극단적인 진공 상태에서 유도 레일 위로 몇 센티미터 떠서 움직이는 튜브를 타고 시속 5천 킬로미터로 이동했다.

하지만 메건 같은 유명인에게는 PTP가 유용했다. 메건은 공공장소에 가면 사람들이 떼를 지어 몰려들어 힘들었다. 그리고 확실히 메건에게는 돈의 여유가 있었다.

PTP는 초기 가속할 때 무겁게 누르다 곧 무중력 상태가 되었다. 안나는 무중력 상태를 좋아하지 않았는데, 특히 술을 몇 잔 마신 상태에서는 더욱 즐겁지 않았다.

짧은 여정 동안 거의 말이 없었다. 안나는 어디로 가는지 묻지 않았고, 메건도 자발적으로 말해주지 않았다. 안나는 넓은 창문 너머로 스쳐 지나가는 달의 풍경을 내다봤다.

안나는 아래로 지나가는 계곡과 협곡, 크레이터를 살펴보고 곧 목적지가 어디인지 알아챘다. 그곳은 튜브 레일이 닿지 않는 먼 계곡이었다. 1시간 후에 탱고 찰리가 지표면에서 100미터 남짓의 상공을 빠르게 지나갈 장소였다.

PTP는 임시로 설치된 투명한 돔들이 모여 있는 곳에 착륙했다. 백 개가 넘는 돔이 있었고, 안나가 평생 봤던 것보다 많은 PTP가 모여 있었다. 안나는 돔 안팎에 있는 사람들이 세 가지 범주에 속한다고 판단했다. 개인 우주선을 소유한 매우 부유한 사람들이 있었는데, 이들은 이동식 자나두를 세우고, 지인들을 잔뜩 불러들였다. 시 소유의 돔에는 고위층 인사들이 있었다. 그리고 언론 매체들이 있었다.

이 마지막 부류인 언론인은 수백 명이 무리를 지어 있었다. 큰 기삿거리는 아니지만, 시각적인 효과가 매우 컸기 때문이었다. 저녁 뉴스를 장식할 멋진 영상을 찍을 수 있을 것이다.

태양이 내리쬐는 평원을 가로질러 길고 넓은 검은 선이 있었는데, 탱고 찰리가 지나갈 경로를 표시한 것이었다. 많은 카메라와 우주복을 입은 꽤 많은 구경꾼 무리가 그 선의 한가운데에 자리를 잡고 있었고, 더 많은 사람이 접근할 때 옆모습을 찍기 위해 선의 한쪽에 줄지어 있었다. 그 뒤로는 대형 유리 지붕을 덮은 약 1백여 대의 관광버스, 그리고 개인용 무한궤도차와 태양광 차량, 제트썰매, 이 행사를 보러 걸어온 일반 도보 여행자들까지 다양한 종류의 사람들이 뒤섞여 있었다.

안나는 두드러지게 눈에 띄는 사람들의 뒤를 따라갔다. 어쩐지 기괴해 보이는 반투명 우주복을 입고, 마른 몸을 수정 지팡이에 의지한 메건 갤러웨이, 그리고 우주복에 의수가 맞지 않아 빈 소매가 십자가에 못 박힌 유령처럼 부풀어 오른 마이어스 쌍둥이. 무엇보다 기묘한 것은 철사로 얼기설기 모양을 이룬 팔 그 자체였다. 쌍둥이의 팔들은 따로 떨어져서 손가락 끝으로 걸어갔는데, 마치 정신이 나가고 관절을 삔 기계 낙타가 먼지 속을 비틀거리고 나아가는 것 같았다.

그들은 검은 선에서 가장 가까운 거리에 모여 있는 돔들 중 가장 큰 곳으로 들어갔다. 그 돔은 예상 경로에서 100미터도 채 벗어나지 않았다.

안나가 헬멧을 벗을 때 처음 눈에 들어온 사람은 호퍼 지서장이었다.

호퍼는 안나를 보지 못했다. 호퍼와 돔에 있던 많은 사람이 메건 갤러웨이를 쳐다보고 있었기 때문이었다. 그러다 호퍼의 눈길이 메건에서 조이와 제이에게로 옮겨갔을 때…, 그의 얼굴에서 단순한 놀라움이라고 하기에는 너무 강렬한 경악과 공포가 느껴졌다. 호퍼는 그 쌍둥이를 아는 것 같았다.

메건은 안나에게 훌륭한 정보원이 있다고 했다.

메건은 안나의 관심을 알아차리고, 미소를 지으며 살짝 고개를 끄덕였다. 메건은 아직도 우주복을 벗으려 애쓰며 안나에게 다가왔다.

"네 생각이 맞아. 쌍둥이는 항해추적 센터에서 뭔가 흥미로운 일이 벌어지고 있다는 소문을 듣고, 너희 지서장을 찾아갔어. 알고 보니 지서장에게는 다소 특이한 성적 취향이 있었어. 조이와 제이에겐 꽤 평범한 수준이었지. 그래서 쌍둥이가 지서장의 가려운 곳을 긁어주자, 모든 정보를 흘렸어."

"나는 그게… 더 흥미롭네." 안나가 인정했다.

"그럴 줄 알았어. 항해 추적 분야에서 신참/수습생으로 경력을 쌓을 계획이야?"

"그럴 생각은 전혀 없었어."

"그럴 줄 알았어. 들어봐, 그건 내버려둬. 너에게 문제를 일으키지 않고 내가 처리할 수 있어. 이번 주 안에 거기에서 진급시켜줄게."

"난 잘 모르겠지만, 혹시라도…."

"혹시라도, 뭐?" 메건이 안나를 주의 깊게 바라봤다.

안나가 잠시 머뭇거리다 말했다.

"내가 거만하고 고집 센 인간이긴 하지만, 바보는 아니야. 고마워."

메건이 약간 어색한 표정을 지으며 몸을 돌려, 다시 우주복과 씨름하기 시작했다. 안나가 조금 도움을 주려 하자, 메건이 눈살을 찌푸렸다.

"너는 왜 우주복을 안 벗어?"

"저 위에 있는 돔은 무척 튼튼하지만, 한 겹에 불과해. 네 주위를 돌아봐. 대부분의 달 주민은 헬멧만 벗었고, 많은 사람이 그 헬멧을 들고 있어. 그런데 지구인 대부분은 우주복을 벗고 있지. 그들은 진공을 이해하지 못해."

"여기가 안전하지 않다는 말이야?"

"아니. 하지만 진공은 무자비해. 언제든 널 죽이려 들 거야."

메건은 미심쩍은 얼굴이었지만, 우주복을 벗으려던 노력을 그만두었다.

★

안나는 헬멧을 손에 들고 온갖 신기한 전자기기들이 펼쳐진 곳을 돌아다녔다.

탱고 찰리는 가까이 접근하는 1분 전까지는 보이지 않을 것이고, 접근할 때도 지평선 위로 겨우 몇 초 동안 호를 그리며 지나갈 것이라서 알아보기 힘들 것이다. 하지만 수백 킬로미터 떨어져 있는 그 우주정거장을 벌써 포착한 카메라가 있었다. 밝은 별처럼 보였는데, 우주 배경을 가로질러 지나가는 게 보였다. 뭔가 매우 긴 렌즈로 찍은 영상처럼 흔들거렸다. 안나는 바퀴가 한 화면을 가득 채우는 모습을 지켜봤다. 창문을 통해 안에 있는 가구까지 보였다.

안나는 여기에 도착한 후 처음으로 찰리가 떠올랐다. 혹시 똑딱이가, 아니 젠장, 탱고 찰리 우주정거장의 컴퓨터가 찰리에게 달에 접근하는 문제에 관해 알려줬는지, 그래서 찰리가 이 상황을 보고 있을지 궁금했다. 찰리는 어떤 창문을 선택했을까? 찰리가 창문을 제대로 선택하면, 자신이 찰리를 슬쩍 볼 수도 있을 거라는 생각이 떠올라서 놀랐다.

몇 분 남지 않았다. 어리석은 짓이라는 것을 알면서도, 안나는 천 대의 카메라가 가리키고 있는 검은 선을 따라 보면서, 처음에 나타나는 모습을 일별할 수 있기를 바랐다.

메건 갤러웨이가 카메라맨을 데리고 걸어 다니는 모습이 안나의 눈에 들어왔다. 메건이 수많은 청중에게 밝고 재치 있는 말을 건넸다는 건 굳이 말할 필요도 없을 것이다. 메건은 이 행사 자체보다는 이 상황을 보기 위해 모여든 많은 유명인을 만나기 위해 이곳에 온 것이었다. 안나는 메건이 유명한 TV 스타에게 다가가는 모습을 봤다. 그 스타는 미소를 지으며 메건과 포옹하고, 메건의 우주복에 대해 농담했다.

안나는 자신도 원한다면 그 스타를 만날 수 있다고 스스로에게 말했다. 안나는 자신이 그런 일에 흥미를 갖고 있지 않다는 사실을 깨닫고 조금 놀랐다.

안나는 조이와 제이가 호퍼 지서장과 열띤 대화를 나누는 모습을 봤다. 쌍둥이는 얼핏 즐거워 보였다.

안나가 카운트다운 시계를 봤더니, 똑딱거리며 1분을 향해 가고 있었다.

그때 원격 카메라 한 대가 망원으로 잡은 영상이 격하게 흔들리기 시작했다. 몇 초가 채 지나기 전에 그 카메라는 탱고 찰리 우주정거장에 맞췄던 초점을 놓쳐버렸다. 안나는 짜증이 난 기술자들이 다시 초점을 맞추기 위해 애쓰는 모습을 지켜봤다.

"지진 때문이야." 기술자 중 한 명이 안나에게

들릴 정도의 큰 소리로 말했다.

안나가 다른 원격 모니터를 봤더니, 그 모니터에는 탱고 찰리가 지평선 위에서 매우 밝은 별처럼 빛났다. 안나가 지켜보는 동안 그 빛이 눈에 띄게 커지더니, 원반처럼 보일 때까지 커졌다. 화면의 다른 부분은 달의 언덕 높은 곳에서 찍은 모습을 보여줬는데, 먼지와 바위가 소나기처럼 쏟아졌다. 안나는 지진인 게 틀림없다고 생각했다. 카메라 운영자가 폭발 장소로 줌을 확대하자, 안나가 미간을 찌푸렸다. 도대체 어떤 종류의 달 지진이 이런 소동을 일으킬 수 있는지 이해가 되지 않았기 때문이었다. 오히려 저 모습은 지진이 아니라 충돌처럼 보였다. 암석들과 먼지 입자가 아름다운 기하학적 대칭을 이루며 솟구쳤고, 가장 큰 바위부터 가장 작은 티끌까지 각각의 조각들이 지구에서는 결코 흉내 내지 못할 방식으로 공기 저항에 방해받지 않고 수학적 탄도 궤적을 완벽하게 그리며 거의 동일한 속도로 날아갔다. 전체 모습은 칙칙한 회색 돔이 팽창하는 것 같았는데, 위쪽이 차츰 평평해졌다.

안나는 미간을 찌푸리고, 찰리가 처음 모습을 보일 거라고 들었던 평원의 한 지점으로 주의를 돌렸다. 안나는 첫 번째 빛을 봤지만, 폭발로 확장하는 돔 모양이 십여 개나 있다는 사실이 더 신경 쓰였다. 여기에서 맨눈으로 보면, 그 돔들은 비눗방울보다 크지 않은 것처럼 보였다. 그런데 관광버스로 가득 찬 임시 주차장에서 멀지 않은 장소에서 또 다른 바위 분수가 솟구쳐 올랐다. 안나는 문득 지금 무슨 일이 일어나고 있는지 깨달았다.

"우리를 향해 쏘고 있어!" 안나가 소리쳤다. 모두가 조용해졌다. 그리고 사람들이 안나를 보기 위해 고개를 돌리고 있을 때, 안나가 한 번 더 소리쳤다.

"우주복 입어!"

안나의 목소리는 모든 달 주민이 두려워하는 소리에 잠겨버렸다. 한 번 들으면 잊기 힘든, 공기가 빠져나가는 높고 날카로운 소리였다.

첫 단계. 안나는 오래전에 강사에게 배웠다. 먼저, 자신이 입고 있는 우주복의 압력 무결성을 확인하라. 자신이 우주복을 입기 전에 정신을 잃으면, 남자, 여자, 아이 할 것 없이 누구도 도와줄 수 없다.

헬멧을 쓰고 밀폐하는 데는 5초밖에 걸리지 않았다. 어렸을 때 천 번은 연습했었다. 안나는 플라스틱 지붕에 커다란 구멍이 뚫린 게 얼핏 보였다. 갑작스러운 바람에 휩쓸려 파편들이 쏟아져 나갔다. 종이와 옷가지, 헬멧 두어 개….

안나는 헬멧을 밀폐하고 주위를 둘러보고는, 이곳에 있던 많은 사람이 불행한 운명을 맞게 되었다는 사실을 깨달았다. 그들은 우주복을 벗고 있었고, 제시간에 우주복을 입을 가능성도 거의 없었다.

안나는 그 후 몇 초 동안의 상황을 생생하게 기억했다.

수 톤에 달하는 건조한 달의 바위가 줄지어 있던 텔레비전 모니터 위로 떨어졌다.

통통한 작은 남자가 손을 덜덜 떨며 대머리 위로 헬멧을 쓰지 못하고 있었다. 안나가 남자의 손

에서 헬멧을 빼앗아 제자리에 철커덕 끼운 다음 그
남자가 쓰러질 정도로 세게 비틀어 돌렸다.

의수를 우주복에 넣을 수 없어 이미 죽은 것이
나 다름없었던 조이와 제이는 차분히 서로를 담담
하게 안아주었다.

검은 선 건너편에서 관광버스가 천천히 공중으
로 떠올라 막대기가 돌듯 빙글빙글 돌았다. 계곡
전체에 폭발로 발생한 끔찍한 회색 돔 수백 개가
버섯처럼 자라듯 솟아 올랐다.

그리고 메건 갤러웨이가 있었다. 메건은 비틀거
리며 온 힘을 다해 집중한 얼굴로 땅바닥에 굴러가
는 헬멧을 최대한 빨리 쫓아가고 있었다. 한쪽 코
에서 피가 흘러내렸다. 이제 돔의 잔해에서는 소리
가 거의 들리지 않았다.

안나가 헬멧을 낚아채고 몸을 날려 메건을 붙잡
았다. 그리고 훈련받은 대로 헬멧을 제자리에 끼우
고, 비틀고, 연결 똑딱이 세 개를 때리고, 비상 가압
스위치를 눌렀다. 그리고 메건이 고통에 울부짖으
며 손을 귀에 대려고 하는 모습을 지켜봤다.

안나는 그곳에 누워 위를 올려다봤다. 바람이 가라앉기 시작하면서 돔의 자재 중 마지막으로 남은 큰 부분이 위로 들리며… 탱고 찰리가 눈에 들어왔다.

지평선 위로 작은 바퀴가 굴러가고 있었다. 여기에서 보기엔 동전보다 크지 않았다.

안나가 눈을 깜박였다.

그리고 그게 여기에 있었다. 불타는 먼지의 지옥을 뚫고 솟아오른 커다란 탱고 찰리가 안나에게 곧장 다가오고 있었다.

마침내 레이저의 불빛이 눈에 보인 것은 먼지 덕택이었다. 거대한 빛의 바큇살이 밀리초 간격으로 깜박이다 꺼졌고, 각각의 펄스마다 수조 개의 먼지 알갱이가 증발하며 눈을 찌르는 밝은 보라색 빛을 냈다.

안나가 그 광경을 10분의 1초 이상 보는 것은 불가능했지만, 그보다 훨씬 오래 본 것 같은 느낌이 들었다. 그 광경은 기억 속에만 남는 것이 아니라, 안나가 살아 있는 한 사라지지 않을 것이다. 그 후 며칠 동안 안나의 시야는 보라색 선의 거미줄로 뒤덮였다.

하지만 더 끔찍한 것은 탱고 찰리가 허공에서 돌진할 때, 그 바퀴의 웅장한 위용과 위협적으로 회전하는 모습이었다. 그 모습은 며칠이 아니라 훨씬 더 오래 뇌리에서 떠나지 않았다. 그 광경은 그 후 몇 년 동안 오로지 밤에만 꿈속으로 찾아와 땀에 흠뻑 젖은 채 깨어나곤 했다.

그리고 그 계곡에서 안나가 마지막으로 잊지 못하는 강렬한 모습은 메건 갤러웨이였다. 메건은 그때 몸을 돌려 이미 지평선 너머로 멀어져가는 바퀴를 크리스털 지팡이로 가리켰다. 지팡이 끝에서 한 줄기 붉은 레이저 빛이 나와 무한대로 뻗어나갔다.

4

"와우!" 샬럿 이솔더 힐 퍼킨스-스미스가 말했다. "와, 정말 대단했어! 한 번 더 하자."

찰리는 바퀴의 중심부에서 떠다니며, 바퀴가 달에 접근하는 과정을 모두 지켜봤다. 그 상황은 찰리가 똑딱이의 메모리에 있던 영상들을 보며 상상했던 롤러코스터와 매우 흡사했다. 찰리는 불평하지 않았지만, 한 가지 아쉬운 점이 있다면, 그 경험이 너무 짧다는 사실이었다. 찰리는 거의 1시간 가까이 달이 점점 커지다가 더 이상 둥그렇지 않게 되더니, 달의 풍경이 아래에서 빠르게 지나가는 모습을 봤다. 하지만 그런 정도는 전에도 봤었다. 이번에는 달이 점점 커지고 점점 빨라지다가, 마치 시속 수천억 킬로미터로 질주하는 것 같았다. 곧이어 번쩍이는 불빛들이 나타나더니… 차츰 땅이 다시 멀어졌다. 달은 여전히 저 뒤편에 있었지만, 점점 작아져서 더 이상 흥미롭지 않았다.

"네가 좋아하니 기뻐." 똑딱이가 말했다.

"딱 한 가지가 마음에 걸렸어. 왜 내가 우주복을 입어야 했어?"

"그냥 예방 조치였어."

찰리가 어깨를 으쓱하고 엘리베이터로 향했다.

찰리가 바퀴의 테두리에 도착했을 때 얼굴을 찌푸렸다. 바퀴의 가장 바깥 테두리에 경보음이 울리고 있었기 때문이었다.

"무슨 문제 있어?" 찰리가 물었다.

"별일 아니야." 똑딱이가 대답했다.

"무슨 일인데?"

"바위에 조금 부딪혔어."

"우리가 정말 가까이 지나갔구나!"

"찰리, 우리가 달을 지나갈 때 네가 지금 그 자리에 있었으면, 손을 뻗어 바위에 네 이름을 쓸 수도 있었을 거야."

찰리는 그 생각에 키득키득 웃고는, 개들을 보러 서둘러 갔다.

약 2시간 후 안나로부터 연락이 왔다. 찰리는 할 일이 너무 많아 무시하고 싶었지만, 결국 카메라 앞에 앉았다. 모니터에는 안나가 있었고, 옆에 다른 여성도 앉아 있었다.

"찰리, 괜찮니?" 안나가 궁금해서 물었다.

"왜 내가 안 괜찮을 거라고 생각해?" 젠장, 찰리가 생각했다. 질문에 다른 질문으로 대답하면 안 되는 거였다. 그렇지만 안나는 무슨 권리로 자신에게 그런 질문을 한 걸까?

"조금 전에 달 가까이 지나갈 때 네가 보고 있었는지 궁금했어."

"당연히 봤지. 정말 멋졌어."

이야기가 멈췄다. 두 여자가 서로를 바라보더니, 안나가 한숨을 내쉬고 다시 찰리를 바라봤다.

"찰리, 너에게 할 말이 몇 가지 있어."

공기가 새어 나간 재난이 대체로 그렇듯이, 응급처치가 필요한 사례는 그다지 많지 않았다. 심한 부상은 거의 다 치명상이었다.

메건은 청력이 좋지 않았고, 안나는 여전히 눈에 반점이 보였지만, 호퍼 지서장은 머리도 부딪히지 않고 말짱했다.

사망자 수가 완전히 집계되지 않았지만, 상당히 많을 것으로 예상됐다.

탱고 찰리가 통과한 후 위험했던 1시간 동안 하늘에서 쏴버려야 한다는 주장들이 나왔다.

안나와 호퍼가 회의실에 도착하니 이미 자문단이 많이 모여 있었다. 메건이 뒤이어 도착했다. 열띤 토론이 진행되고 있었다. 사람들이 메건 갤러웨이를 알아보았고, 몇 사람이 메건의 참석에 의문을 제기하려는 듯했지만, 지서장이 재빨리 그들의 입을 막았다. 재난 현장에서 돌아오는 길에 PTP 안에서 협상이 타결되었기 때문이었다. 의견 조정이 이루어졌고, 메건이 이 상황을 독점 보도하기로 했다. 조이와 제이가 호퍼 지서장의 보안상 실수를 테이프에 담아 보관하고 있었다는 사실을 메건이 입증해 보였다.

이 도발적이고 정신 나간 공격에 관한 최종적인 설명은 간단했다. 탱고 찰리 우주정거장 컴퓨터는 5킬로미터 이내로 접근하는 물체가 있으면 무엇이든 발포하라는 지시를 받았다. 컴퓨터는 지난 30년 동안 지시에 충실히 따랐지만, 지금껏 발사할 대상은 그다지 많지 않았다. 달의 근거리 접근은 분명 흥미로운 문제였을 것이다. 똑딱이는 바보가 아니었다. 똑딱이는 자기 행동의 결과를 분명하게 알고 있었다. 하지만 컴퓨터가 아무리 사람처럼 말을 한다고 하더라도, 사람처럼 생각하지는 않았다. 똑딱이 같은 뇌에는 엄격한 계층 구조가 존재했다. 두뇌 한구석에서는 어리석은 행동이라는 것을 알아도, 프로그램된 우선순위를 무시할 수 없었다.

레이저의 타격 형태를 분석한 결과 이를 확인하는 데 도움이 되었다. 공격 지점은 완전히 무작위로 선택됐다. 차량과 돔, 사람은 겨누지 않았지만, 지나가는 경로에 있으면 쏘았다. 그 무작위성의 한 가지 예외는 안나가 봤던 검은 선에 관한 것이었다. 똑딱이는 지시받은 우선순위를 위반하지 않으면서도 바로 앞에 있는 대상을 쏘지 않을 방법을 찾아냈다. 그리하여 똑딱이는 탱고 찰리 우주정거장이 몇 초 후에 지나게 될 경로에 파편이 발생하는 상황을 피할 수 있었다.

탱고 찰리에 대해 보복하지 않기로 결정했다. 이 결정에 만족한 사람은 아무도 없었지만, 그 누구도 완전한 파괴 이외의 대안을 제시하지 못했다.

그렇지만 지금 당장 뭔가 조치를 취해야 했다. 곧 대중은 왜 이 위험한 물체가 접근하기 전에 파괴하지 않았는지 의문을 제기할 것이다. 참석한 경찰 고위 간부와 시장실의 대표들은 언론의 출입을 허용해야 한다는 데 모두 동의했다. 그들이 메건에게 이 국면을 관리하기 위해 협조를 얻을 수 있을지 물었다.

그리고 안나는 메건 캘러웨이가 놀라운 속도로

회의를 장악하는 모습을 지켜봤다.

"여러분은 지금 시간이 필요합니다." 메건이 말했다. "시간을 얻는 가장 좋은 방법은 어린 소녀의 각도로 열심히 말하는 겁니다. 여러분은 어린 소녀를 위험에 빠트릴 만큼 무자비한 사람들이 아니며, 우주정거장이 위험할 거라 믿을 이유도 전혀 없었습니다. 이제 여러분이 해야 할 일은 우리가 알고 있는 사실과 이미 일어난 일에 대해 진실을 말하는 것입니다."

"불멸의 각도는 어떤가요?" 누군가가 물었다.

"이건 어때요? 언젠가 유출될 겁니다. 우리가 공개하는 게 낫지 않을까요."

"하지만 그러면 대중의 편견이 생길 텐데···." 빌헬름 박사가 주위를 둘러보더니, 자신의 반대 의견을 말하지 않는 게 낫겠다고 판단했다.

"그건 우리가 치러야 할 대가입니다." 메건이 부드럽게 말했다. "여러분은 옳다고 생각하는 일을 할 겁니다. 저는 확신합니다. 여론의 영향에 굴복해서 여러분의 의견을 바꾸지 마세요."

아무도 할 말이 없었다. 안나는 웃지 않았다.

"질문을 받기 전에 먼저 대답하는 게 중요합니다. 여러분이 의견서를 작성한 후 언론에 먼저 연락할 것을 제안합니다. 여러분이 말씀하실 내용을 준비하는 동안 저는 이만 가보겠습니다. 안나 경장이 찰리 퍼킨스-스미스와 다음에 진행할 대화에 참여해서 이야기를 들어보라고 초대해서요."

안나가 메건을 이끌고 복도를 따라 작전실로 향했다. 안나는 메건에게 감탄하며 고개를 절레절레 흔들었다. 그리고 어깨 너머로 바라보며 말했다.

"인정할게. 정말 능숙했어."

"그게 내 직업이잖아. 너도 꽤 능숙하잖아."

"무슨 말이야?"

"내가 너에게 빚을 졌다는 뜻이야. 내가 갚을 수 있는 것보다 훨씬 많은 빚을 졌어."

안나가 너무 당황해서 그 자리에 우뚝 멈춰 섰다.

"내 목숨을 구해줬잖아." 메건이 소리쳤다. "고마워!"

"내가 구해준 게 뭐? 넌 나한테 빚진 거 없어. 그

건 관례가 아니야."

"관례가 아닌 게 뭔데?"

"물론, 감사할 수는 있지. 누군가가 나를 구해줬다면 당연히 감사하지. 하지만 그걸 갚으려고 하는 건 모욕이 될 수도 있어. 사막에서 말이야, 목이 말라 죽어가는 사람이 있으면 당연히 물을 줘야 하는 거잖아."

"내가 가본 사막에는 그런 사람 없었어." 메건이 말했다. 복도에는 둘만 있었다. 메건은 고민하는 것 같았고, 안나는 어색해했다. "우리가 문화적 교착 상태에 빠진 것 같아. 나는 너에게 많은 빚을 졌다고 생각하는데, 넌 아무것도 아니라고 하니까 말이야."

"전혀 문제없어." 안나가 지적했다. "네가 나를 이 악취가 나는 곳에서 승진할 수 있도록 도와주겠다고 했잖아. 그렇게 해. 그걸로 비긴 것으로 하자."

메건이 고개를 저었다.

"지금은 내가 널 진급시켜주지 못할 것 같아. 네가 나를 구하러 오기 전에 헬멧을 씌워준 뚱뚱한 남자 기억나지? 그 사람이 내게 너에 대해 물어봤어. 그 사람이 클라비우스 시장이야. 그 사람이 뉴드레스덴 시장에게 이야기하면, 넌 진급하고, 훈장도 몇 개 받을 거야. 아마 포상금도 받을걸."

두 사람은 서로를 거북하게 바라봤다. 안나는 감사하는 마음이 같은 정도의 분노로 바뀔 수도 있다는 사실을 알고 있다. 안나는 메건의 눈에서 그런 분노가 어느 정도 보였다고 생각했다. 하지만 결의도 있었다. 메건 갤러웨이는 자신의 빚을 갚았다. 메건은 10년 동안 쿠퍼에게 빚을 갚아왔다.

암묵적인 합의에 따라, 두 사람은 그 문제를 이 정도로 놔두고 찰리와 이야기를 나누러 갔다.

★

대부분의 개들은 송풍기를 좋아하지 않았다. '너무 하얀 호크 부인'은 예외였다. 송풍기 호스를 호크의 흑갈색 털에 대면, 따뜻한 바람을 향해 얼굴을 돌리고 혀를 내밀며 너무 즐거운 표정을 지어서 찰리는 웃음을 터뜨리곤 했다.

찰리가 호크의 다리 뒤쪽의 고운 털을 빗질했
는데, 하얀 털이 챔피언 쉘티의 털보다 3센티는 더
길게 자라 있었다. 딱 3센티미터. 그런데 호크는
중성화 수술을 했다. 아마 훌륭한 어미 개가 되었
을 것이다. 찰리는 호크가 다른 어미 개들이 낳은
새끼들을 바라보는 모습을 본 적이 있었다. 그리고
호크가 슬퍼한다는 것을 알 수 있었다.

하지만 이 세상에서 모든 걸 가질 수는 없다. 똑
딱이가 자주 하던 말이다. 그리고 모든 개가 새끼
를 낳도록 놔두면, 얼마 지나지 않아 개들이 무릎
까지 가득 찰 것이다. 그것도 똑딱이가 한 말이
었다.

사실, 똑딱이는 찰리가 진실이 아니길 바라는
많은 말들을 했다. 그러나 똑딱이는 한 번도 찰리
에게 거짓말을 하지 않았다.

"듣고 있었어?" 찰리가 물었다.

"마지막 대화 말이야? 당연히 들었지."

찰리는 호크를 바닥에 내려놓고, 다음 개를 불
렀다. 이번에는 엥겔버트였는데, 아직 한 살이 안

되어서 장난이 많은 편이었다. 찰리는 엥겔버트가 얌전해질 때까지 꾸짖어야 했다.

"그 여자가 했던 말 중에 몇 가지는⋯." 똑딱이가 말문을 열었다. "너를 불안하게 만드는 것 같았어. 네 나이 이야기 같은 거."

"그건 바보 같은 소리야." 찰리가 재빨리 말했다. "나도 내가 얼마나 오래 살았는지는 알아." 그건 사실이었다⋯. 그러나 그게 전부는 아니었다. 찰리가 처음 키우던 개 네 마리는 모두 죽었다. 당시 가장 오래 산 개는 열세 살까지 살았다. 그 후로 많은 개가 태어났다. 지금 가장 나이가 많은 개는 열여섯 살인데, 병에 걸렸다. 오래 버티지 못할 것이다.

"그냥 몇 살인지 더해본 적이 없었을 뿐이야." 찰리가 솔직히 말했다.

"그럴 이유가 없었지."

"하지만 난 자라지 않잖아." 찰리가 조용히 말했다. "왜 자라지 않는 걸까?"

"나도 몰라, 찰리."

"안나는 내가 달로 내려가면 그들이 알아낼 수

있을 거라고 했어."

똑딱이는 아무 말도 하지 않았다.

"안나가 말하는 게 사실이야? 그 다친 사람들 이야기 말이야."

"응."

"내가 안나에게 화를 내지 말았어야 했어."

다시 똑딱이가 침묵했다. 안나와 이야기를 나눌 때 찰리는 매우 화가 났었다. 안나와 새로 온 여자 메건이 찰리에게 온갖 터무니없는 이야기를 했었다. 그들의 말이 끝나자 찰리는 텔레비전 장비를 넘어트리고 가버렸다. 그 일은 거의 하루 전이었는데, 그들은 그 뒤로 줄곧 찰리를 부르고 있다.

"왜 그런 짓을 했어?" 찰리가 똑딱이에게 물었다.

"나에겐 선택의 여지가 없었어."

찰리는 그 대답을 받아들였다. 똑딱이는 찰리와는 전혀 다른 기계 인간이었다. 똑딱이는 충실한 보호자이자, 찰리에게 친구나 다름없는 존재였지만, 찰리는 똑딱이가 다른 존재라는 것을 알고 있었다. 우선 똑딱이는 몸이 없었다. 찰리는 가끔 똑딱이가 몸이 없어서 불편하지 않은지 궁금했지만, 물어본 적은 없었다.

"엄마는 정말로 죽은 거야?"

"그래."

찰리가 개에게 해주던 빗질을 멈췄다. 엥겔버트가 찰리를 돌아봤지만, 찰리가 내려가도 좋다고 말할 때까지 참을성 있게 기다렸다.

"그럴 거라 짐작했어."

"나도 네가 알 거라고 생각했어. 하지만 네가 한 번도 안 물어봤잖아."

"엄마는 내 말을 들어주는 사람이었어." 찰리가 설명했다. 찰리는 개들을 손질해주는 방에서 나와 산책 갑판을 따라 걸어갔다. 개 몇 마리가 찰리의 뒤를 따라가며 장난치려고 애썼다.

찰리는 엄마 방으로 들어가, 침대에 있는 그것을 바라보며 잠시 서 있었다. 곧 찰리는 모든 게 조용해질 때까지 기계에서 기계로 옮겨가며 스위치를 돌렸다. 그리고 찰리가 마쳤을 때, 그 방에 일어난 유일한 변화는 소리가 사라졌다는 사실뿐이었다. 기계는 더 이상 윙윙거리거나, 덜컹거리거나, 딸까닥거리지 않았다. 침대 위의 그것은 전혀 변화가 없었다. 찰리가 원한다면 그것에게 계속 이야기를 할 수 있겠지만, 예전 같지는 않을 것 같았다.

찰리는 울어야 할지 궁금했다. 똑딱이에게 물어볼까도 했지만, 똑딱이는 그런 종류의 질문에는 잘 대답하지 못했다. 아마 똑딱이는 자기가 울지 못하니 사람이 언제 울어야 할지 모를 것이다. 하지만 사실 찰리는 앨버트의 장례식 때 이보다 더 슬펐었다.

결국 찰리는 그 찬송가를 다시 부르고, 문을 닫은 뒤 잠갔다. 다시는 그 방에 들어가지 않을 것이다.

"찰리가 돌아왔습니다." 스타이너가 무전실 건너에서 소리쳤다. 안나와 메건이 서둘러 커피잔을 내려놓고, 안나의 사무실로 달려갔다.

"조금 전에 카메라의 전원을 넣었습니다." 두 사람이 자리에 앉자마자, 스타이너가 설명했다. "찰리가 조금 달라 보이죠, 그렇지 않나요?"

안나는 그 말에 동의할 수밖에 없었다. 그들은 다른 카메라로 찰리가 일하러 가는 모습을 얼핏 봤었다. 그리고 1시간 전쯤 찰리는 엄마 방으로 들어갔었다. 거기에서 자기 방으로 들어가더니, 방에서 나올 때는 다른 소녀가 되어 있었다. 찰리는 머리를 감고 빗었다. 그리고 여성용 블라우스를 변형해서 만든 듯한 드레스를 입고 있었다. 소매를 자르고, 일부분은 서툴게 줄인 흔적이 있었다. 손톱에는 빨간 매니큐어가 칠해져 있었다. 얼굴에는 두껍게 화장이 되어 있었다. 겉으로 보이는 나이의 아이에게는 지나치고, 완전히 잘못된 모습이었다. 하지만 찰리가 전에 했던 것처럼 원주민 부족에 가까운 거친 화장은 아니었다.

찰리가 거대한 나무 책상 건너편에 앉아 카메라를 바라봤다.

"좋은 아침이야, 안나와 메건." 찰리가 진지하게 말했다.

"좋은 아침이야, 찰리." 메건이 말했다.

"너희에게 소리 질러서 미안해." 찰리가 말했다.

그리고 조심스럽게 깍지를 낀 손을 앞에 두었다. 손의 왼쪽에는 종이 한 장이 놓였고, 그 외에는 책상 위가 텅 비어 있었다. "내가 혼란스럽고 당황해서, 너희가 해준 말을 생각할 시간이 필요했어."

"괜찮아." 안나가 말했다. 안나는 하품을 감추기 위해 최선을 다했다. 안나와 메건은 하루 반나절 동안 깨어 있는 상태였다. 몇 번 선잠을 자긴 했지만, 찰리가 카메라에 비칠 때마다 일어났었다.

"똑딱이와 많은 이야기를 했어." 찰리가 계속 말했다. "그리고 엄마는 껐어. 너희가 옳았어. 어쨌든 엄마는 죽었어."

안나는 아무 말도 할 수 없었다. 옆을 힐끗 봤지만, 메건의 얼굴에서는 아무것도 읽어낼 수 없었다.

"내가 뭘 하고 싶은지 결정했어." 찰리가 말했다. "그렇지만 먼저 나는…."

"찰리." 메건이 재빨리 말했다. "책상 위에 있는 걸 보여줄 수 있어?"

방 안에 잠시 정적이 흘렀다. 몇몇 사람이 고개를 돌려 메건을 바라봤지만, 아무도 아무 말도 하지 않았다. 안나가 뭔가 말하려 했지만, 메건이 안나 외에는 아무도 볼 수 없게 탁자 밑에서 손으로 신호했다. 안나는 일단 두고 보기로 했다.

찰리는 당황한 얼굴이었다. 찰리가 종이로 손을 뻗어 힐끗 보더니 다시 카메라를 쳐다봤다.

"너희를 위해 그림을 그렸어. 소리 지른 게 미안해서." 찰리가 말했다.

"내가 봐도 될까?"

찰리가 의자에서 뛰어내리더니 그림을 들고 돌아섰다. 찰리는 자랑스러워하는 것 같았고, 그럴 만도 했다. 마침내 찰리가 겉으로 보이는 모습과 다른 존재라는 시각적 증거가 나타났다. 어떤 여덟 살짜리 아이도 쉘티의 그림을 저렇게 잘 그릴 수 없었다.

"이건 안나를 위한 거야." 찰리가 말했다.

"정말 잘 그렸네." 메건이 말했다. "나도 하나 갖고 싶어."

"내가 하나 그려줄게!" 찰리가 행복하게 말하며… 화면 밖으로 뛰어나갔다.

잠시 화난 목소리들이 터져 나왔다. 메건은 찰리와 우정을 쌓으려고 했을 뿐인데 저렇게 뛰어나갈 줄 어떻게 알았겠냐며, 자기 생각을 고수했다.

호퍼 지서장조차도 대담하게 쏘아붙이며, 시간이 얼마 남지 않았고, 찰리의 상황에 대해 어떻게든 조치를 취해야 한다면 매 순간이 소중하다고 지적했다. 안나의 의견에 따르면 나름 논리적인 지적이었다.

"알았어요, 알았어. 제가 실수했어요. 다음에는 더 조심하겠다고 약속할게요. 안나, 찰리가 돌아오면 연락해줘." 메건은 그 말을 하고는, 지팡이를 집어 들고 방에서 터벅터벅 걸어 나갔다.

안나는 깜짝 놀랐다. 이 사건이 마무리되지 않았고, 심지어 아직 아무 일도 일어나지 않았는데, 기삿거리를 놔두고 떠나는 것은 메건답지 않은 행동이었다. 하지만 안나는 그런 문제를 걱정하기엔 너무 피곤했다. 안나는 의자에 기대어 눈을 감았다. 그리고 1분이 채 지나기 전에 잠이 들었다.

✱

찰리가 메건을 위해 열심히 그림을 그리고 있을 때, 똑딱이가 방해했다. 찰리가 짜증을 내며 고개를 들었다.

"내가 바쁜 거 안 보여?"

"미안해. 하지만 이건 당장 받아야 해. 너한테 전화가 왔어."

"뭐가… 왔다고?"

하지만 똑딱이는 더 이상 말하지 않았다. 찰리는 30년 동안 침묵을 지켰던 방 건너편의 전화기로 갔다. 그리고 전화기를 미심쩍은 눈길로 쳐다보면서 단추를 눌렀다. 그러자 어렴풋한 기억이 마구 밀려왔다. 엄마의 얼굴이 떠올랐다. 처음으로 울고 싶다는 생각이 들었다.

"샬럿 퍼킨스-스미스입니다." 찰리가 어린아이 같은 목소리로 말했다. "엄마는 안 계… 엄마는… 전화하신 분이 누군지 여쭤봐도 될까요?"

전화 모니터에는 화면이 뜨지 않았다. 잠시 후

익숙한 목소리가 들렸다.

"메건 갤러웨이야, 찰리. 이야기 좀 할 수 있을까?"

✱

스타이너가 안나의 어깨를 흔들었을 때, 안나가 눈을 뜨자 찰리가 다시 책상에 앉아 있는 모습이 보였다. 안나는 스타이너가 가져다준 따뜻한 커피를 한 모금 마시고, 머릿속을 덮고 있는 거미줄을 치우고 다시 일을 시작하려 노력했다. 소녀가 다시 양손으로 깍지를 낀 채 앉아 있었다.

"안녕, 안나." 소녀가 말했다. "그냥 너희가 최선이라고 생각하는 건 뭐든지 하겠다고 말하려고 연락했어. 지금까지 내가 어리석게 행동했어. 용서해주길 바랄게. 내가 다른 사람과 이야기를 나누는 게 너무 오랜만이라서 그래."

"괜찮아, 찰리."

"호퍼 지서장에게 오줌 싸서 미안해. 똑딱이가 그건 나쁜 행동이고, 그 사람이 책임자니까 내가 더 존중해야 한다고 말해줬어. 그러니까 네가 호퍼를 데려오면, 그 사람이 하자는 대로 할게."

"알았어, 찰리. 내가 지서장을 데려올게."

안나는 자리에서 일어나고, 호퍼가 자신의 자리에 앉는 모습을 지켜봤다.

"이제부터 나에게 말하면 된다." 호퍼가 미소를 지으며 말했다. 틀림없이 지서장은 저걸 친근한 미소라고 생각했을 것이다. "별일 없지?"

"응." 찰리가 무심하게 말했다.

"안나 경장, 이제 가서 좀 쉬어." 호퍼가 말했다. 안나가 경례하고, 몸을 돌렸다. 찰리에게 배신감을 느끼는 것은 옳지 않다고 생각했지만, 그래도 어쩔 수 없이 배신감이 들었다. 사실, 안나는 찰리와 그리 오래 이야기를 나눈 적이 없었다. 우정이 쌓였다고 느낄 이유가 없었다. 안나는 호퍼가 찰리에게 거짓말을 할 거라고 확신했다.

하지만 그렇다면 안나에게 다른 방법이 있을까? 불안한 생각이 들었다. 사실, 아직 찰리를 어떻게 처리할지에 대한 명령이 내려지지 않은 상태였다. 찰리가 뉴스에 오르내리고 대중적인 논쟁이 시작됐지만, 안나는 공무원들이 의견을 충분히 종합해서 어느 방향으로 나아갈지 결정하기까지는 하루가 더 걸릴 거라는 사실을 알고 있었다. 그사이 찰리가 그들에게 협조하기 시작했으니, 그건 좋은 소식이었다.

안나는 자신이 그 문제를 좀 더 기쁘게 받아들일 수 있기를 바랐다.

"안나 경장님, 전화 왔습니다."

안나가 빈 단말기로 가서 받았다. 통화 버튼을 누르자, 상대방이 프라이버시를 원한다는 표시등이 켜졌다. 안나는 수화기를 들고 전화한 사람이 누구인지 물었다.

"안나." 메건 갤러웨이가 말했다. "당장 펜션 클라이스트 569호실로 와. 항해추적 센터의 정문에서 복도 네 개를 지나…."

"어디인지 알아. 이게 다 무슨 일이야? 너 기삿거리를 챙겼구나."

"네가 거기로 오면 이야기해줄게."

★

　안나가 작은 방에 들어갔을 때 처음 눈에 들어온 사람은 GMA의 컴퓨터 전문가 루드밀라 로스니코바였다. 로스니코바는 불편한 표정으로 방의 건너편 의자에 앉아 있었다. 안나가 문을 닫고 보니, 메건은 전자 장비로 가득 찬 탁자 앞에 있는 다른 의자에 편하게 앉아 있었다.

　"똑딱이와 개인적으로 이야기해야겠다고 생각했어." 메건이 거두절미하고 바로 본론으로 들어갔다. 메건은 안나가 느끼는 것만큼이나 피곤해 보였다.

　"그래서 찰리를 다른 데로 보냈던 거야?"

　메건이 안나를 바라보며 정말 잔인한 미소를 지었다. 잠시 피곤함이 싹 가신 얼굴이었다. 안나는 메건이 이런 종류의 음모를 좋아하고, 빠르고 자유롭게 움직이며 기회를 잡는 것을 좋아한다는 사실을 깨달았다.

　"맞아. 나는 똑딱이와 연결할 때 로스니코바가

도와줄 수 있을 거로 생각했어. 그래서 지금은 나를 위해 일하고 있어."

안나는 깊은 인상을 받았다. GMA를 제치고 로스니코바를 고용하려면 비용이 적지 않게 들었을 것이다. 안나는 그런 게 가능할 거라는 상상조차 하지 못했다.

"GMA는 이 상황을 몰라. 네가 비밀을 지켜준다면, 앞으로도 모를 거야." 메건이 계속 말했다. "네가 비밀을 지킬 수 있을 거라고 로스니코바를 설득했어."

"그 말은 로스니코바가 너를 위해 정보를 캐낸다는 거네."

"전혀 아니야. 로스니코바는 GMA의 이익에 반하는 일을 하지는 않을 거야. 그건 이 일에서 아주 미미한 정도야. 다만, GMA에 로스니코바가 나를 위해 일한다는 사실을 말하지 않는 것뿐이야. 그리고 내년에 로스니코바는 조기 은퇴하고, 평생 꿈꿔왔던 조지아의 다차로 이사할 거야."

안나가 로스니코바를 바라보자, 로스니코바는

쑥스러워하는 것 같았다. 그래, 누구든 자신의 가치를 가지고 있지. 안나가 생각했다. 또 새로운 소식은 뭘까?

"알고 보니 로스니코바에게는 항해추적 센터 사람들에게 알려주지 않은 특별한 코드가 있었어. 나는 그럴 거라 짐작했지. 나는 아무도 모르게 똑딱이와 이야기하고 싶었어. 그러기에는 너희 모니터실이 너무 붐비잖아. 로스니코바, 거기서부터 설명해줄래요?"

로스니코바는 내성적이고 수줍은 몸짓과 낮은 목소리로 안나에게 이야기를 들려줬다. 안나는 로스니코바가 퇴사를 감당할 수 있을지 궁금했지만, 곧 극복할 수 있을 거라는 생각이 들었다.

로스니코바는 탱고 찰리 우주정거장을 불러냈다. 우주정거장의 컴퓨터 똑딱이를 불러냈다는 것과 같은 의미였다. 메건이 똑딱이와 대화를 나눴다. 메건은 똑딱이가 무엇을 알고 있는지 알고 싶었다. 메건이 짐작했던 대로 똑딱이는 자신의 궤도역학에 대해 잘 알았다. 자신이 달과 충돌할 거라는 사실도 알고 있었다. 그렇다면 샬럿 퍼킨스-스미스는 어떻게 할 생각인가? 메건은 그게 알고 싶었다.

'당신의 제안은 뭔가요?' 똑딱이는 메건에게 그렇게 물었다.

"중요한 점은 찰리가 죽는 것을 똑딱이가 원하지 않는다는 사실이야. 똑딱이는 침입자에게 발포하라는 지시에 대해서는 아무것도 할 수 없어. 한 가지 문제만 없었다면, 똑딱이는 찰리를 몇 년 전에 놓아줬을 거라고 주장했어."

"경찰 탐사기들." 안나가 말했다.

"바로 그거야. 똑딱이가 구명정을 준비했어. 충돌 몇 분 전까지 아무것도 해결되지 않으면, 먼저 두 탐사기를 죽인 후에 찰리를 구명정에 태워 날려버릴 거야. 똑딱이도 가능성이 그리 크지 않다는 건 알고 있지만, 찰리를 내보내지 않고 그냥 달의 지표면에 충돌하면 생존할 가능성이 전혀 없잖아."

이윽고 안나가 자리에 앉았다. 그리고 잠시 생각한 후 양팔을 벌리며 말했다.

"좋았어." 안나가 말했다. "우리의 모든 문제가 해결된 것 같네. 이걸 호퍼에게 가져가면, 탐사기를 돌릴 수 있을 거야."

메건과 로스니코바가 침묵했다. 이윽고 메건이 한숨을 내쉬었다.

"그렇게 간단하지 않을 수도 있어."

안나는 무슨 말을 듣게 될지 알아차리고, 다시 자리에서 일어났다.

"나는 언론과 시청에 좋은 정보원이 있어. 상황이 찰리에게 불리하게 진행되고 있어."

"믿을 수가 없어!" 안나가 소리쳤다. "어린 소녀를 죽게 내버려 둘 준비를 하고 있단 말이야? 찰리를 살리려는 시도조차 하지 않고?"

메건이 진정하라고 손짓하자, 안나가 서서히 흥분을 가라앉혔다.

"아직은 확실하지 않아. 그러나 경향성은 있어. 우선, 너도 알다시피, 찰리는 어린 소녀가 아니야. 나는 찰리를 어린 소녀로 생각하는 대중의 인식에 기대고 있지만, 그건 그리 잘되지 않을 거야."

"하지만 네 보도에 대한 반응은 아주 호의적이었잖아."

"이 세상에 뉴스를 방송하는 사람이 나만 존재하는 건 아니잖아. 그리고… 어쨌든 항상 대중이 결정하는 것도 아니야. 지금 당장 찰리에 대한 대중의 선호도는 70대 30이야. 하지만 그 차이는 점점 줄어드는 상황이고, 그 70퍼센트 중 상당수는 언제 바뀔지 모르는 사람들이야. 확실하지 않아. 의사결정권자들은 불운한 사고처럼 보이게 만들거야. 그럴 때 똑딱이는 찰리를 죽일 수 있는 사고를 일으키기 쉬울 테니까, 그들에게 상당히 도움이 되겠지."

"그건 옳지 않아." 안나가 우울하게 말했다. 메건이 앞으로 몸을 숙이며 안나를 뚫어져라 바라봤다.

"내가 알고 싶었던 게 그거야. 아직도 전적으로 찰리 편이야? 그렇다면 찰리를 구하기 위해 기꺼이 위험을 감수할 의향이 있어?"

안나는 자신을 응시하는 메건의 눈길을 마주했

다. 천천히, 메건이 다시 미소를 지었다.

"내 생각도 그래. 내가 하려는 건 이거야."

★

찰리는 약속했던 시간에 자기 방에 있는 전화기 옆에 얌전히 앉아 있었는데, 메건이 말했던 대로 전화벨이 울렸다. 찰리는 전에 그랬던 것처럼 전화를 받았다.

"안녕, 꼬마야. 어떻게 지내?"

"난 좋아. 안나도 거기에 있어?"

"물론 여기에 있지. 안나하고 인사할래?"

"네가 나에게 이야기해줬던 걸 안나에게도 말해주면 좋겠어."

"벌써 말했어. 안나도 이해해. 아무 문제 없었지?"

찰리가 콧방귀를 뀌었다.

"그놈 말이야? 완전히 똥대가리야. 그놈은 내가 하는 말은 뭐든 다 믿을 거야. 그놈이 우리 이야기를 못 듣는 거 확실해?"

"확실해. 아무도 우리 이야기 못 들어. 똑딱이가

너에게 어떻게 해야 하는지 다 알려줬지?"

"그런 거 같아. 내가 몇 가지 적어뒀어."

"하나씩 다시 살펴보자. 절대로 실수하면 안 되잖아."

★

충돌이 불과 12시간밖에 남지 않았을 때, 그들은 최종 결정을 내렸다. 탱고 찰리의 근거리 접근 이후로 아무도 제대로 잠을 자지 못했다. 안나는 마지막으로 잠을 잤던 게 몇 년 전처럼 느껴졌다.

"사고를 내기로 결정됐어." 메건이 전화를 끊으며 말했다. 그리고 컴퓨터 자판 위에 고개를 숙이고 퀭한 눈으로 일하고 있는 로스니코바를 향해 고개를 돌렸다. "탐사기 작업은 어떻게 되어가나요?"

"이제 확실히 장악한 거 같아요." 로스니코바가 의자에 기대앉으며 말했다. "한 번 더 진행 순서를 점검할게요." 그러고는 한숨을 내쉬더니, 두 사람을 바라봤다. "내가 다시 프로그램하려고 시도할 때마다, 탐사기는 나에게 부서진 장미꽃과 강아지 사체, 그리고 모든 창문에 불이 들어왔을 때 바퀴가 어떻게 보이는지 이야기하려고 해요." 로스니코바가 크게 하품을 했다. "사실 어떤 부분은 귀엽기도 해요."

안나는 로스니코바가 무슨 말을 하는지 알 수 없었지만, 중요한 점은 탐사기가 처리되었다는 사실이었다. 안나가 메건을 쳐다봤다.

"내가 맡은 부분은 다 마쳤어." 메건이 말했다. "기록적인 시간 안에 마쳤지."

"비용이 얼마나 들었을지는 짐작조차 하지 않을게." 안나가 말했다.

"그냥 돈일 뿐이야."

"블룸 박사는 어떻게 됐어?"

"블룸 박사는 이제 우리 편이야. 그다지 돈이 많이 들어가지도 않았어. 어쨌거나, 박사도 하고 싶었던 것 같아." 메건이 눈길을 안나에서 로스니코바로 옮기더니, 다시 안나를 바라봤다. "너는 어때? 시작할 준비됐어? 1시간 후에?"

두 사람 모두 이의를 제기하지 않았다. 그들은

말없이 서로 악수했다. 그들의 계획이 발각될 경우에는 일의 진행이 쉽지 않으리라는 사실을 알고 있었지만, 이미 논의하고 감수하기로 한 것이라 다시 언급할 필요가 없었다.

안나가 서둘러 그들을 떠났다.

★

개들은 찰리가 지금껏 보아왔던 어느 때보다 흥분한 상태였다. 어떤 일이 벌어지고 있다는 사실을 알아챈 것이다.

"개들은 아마 너에게서 알아챘을 거야." 똑딱이가 말했다.

"그럴 수도 있지." 찰리가 동의했다. 개들이 펄쩍펄쩍 뛰어오르고, 복도를 따라 이리저리 내달렸다. 호퍼 지서장과 다른 참견쟁이들이 이용하는, 작동되는 카메라를 피하기 위해 똑딱이가 선택한 경로를 따라 이 개들을 모두 데리고 여기까지 내려오는 것은 여간 힘든 일이 아니었다. 하지만 마침내 도착했다. 구명정으로 들어가는 문이 있었다.

그런데 갑자기 똑딱이가 함께 갈 수 없다는 사실을 깨달았다.

"넌 어떻게 할 거야?" 결국 찰리가 똑딱이에게 물었다.

"그건 바보 같은 질문이야, 찰리."

"그렇지만 넌 죽을 거야!"

"그건 불가능해. 나는 살아 있던 적이 없으니까 죽을 수도 없어."

"아, 그건 그냥 말장난이잖아." 찰리가 말을 멈췄다. 하지만 좋은 말이 떠오르지 않았다. 왜 단어가 이렇게 부족할까? 단어가 더 많이 있었다면, 작별 인사를 할 때 그런 단어를 유용하게 사용할 수 있었을 텐데.

"문질, 문질했어?" 똑딱이가 물었다. "넌 예쁘게 보이고 싶어 하잖아."

찰리가 고개를 끄덕이며 눈물을 닦았다. 모든 일이 너무 빨리 일어났다.

"잘했어. 이제 너는 내가 가르쳐줬던 것들을 모두 기억하고 있구나. 네가 다시 사람들과 어울릴 수 있으려면 오랜 시간이 걸릴지 모르지만, 언젠가는 그렇게 될 거라고 생각해. 안나와 메건은 방을 치우지 않고, 머리를 감지 않는 어린 소녀에게 매우 엄격하게 대하겠다고 내게 약속했어."

"잘 할게." 찰리가 약속했다.

"네가 내 말을 잘 들었던 것처럼 그 사람들의 말도 잘 들으면 좋겠어."

"그럴게."

"좋았어. 넌 착한 아이니까, 앞으로도 계속 착한 아이로 지낼거라 기대할게. 이제 구명정에 들어가서 가."

그렇게 찰리는 시끄럽게 짖어대는 수십 마리의 쉘티와 함께 구명정에 올라탔다.

★

회의실 밖에 경비원이 있어서, 안나의 배지로는 경비원을 지나쳐 회의실로 들어갈 수 없었다. 그래서 안나는 그 안에서 범죄를 모의하고 있을 거라고 짐작했다.

매우 조심해야 했다.

안나는 모니터실로 들어갔다. 그곳에는 사람들이 별로 없었고, 안나가 사용하던 자리에는 아무도 없었다. 몇몇 사람들이 안나가 그 자리에 앉는 것을 알아챘지만, 다들 대수롭지 않게 여기는 것 같았다. 안나는 자리에 앉아 시계에서 눈을 떼지 않았다.

안나가 도착한 지 40분 후 지옥이 펼쳐졌다.

탐사기로서는 흥미진진한 날이었다. 새로운 지시가 내려왔기 때문이었다. 일상을 벗어나는 것은 어떤 것이든 환영할 만한 일이지만, 새로운 프로그래머는 모든 것을 알고 싶어 했고, 탐사기는 마침내 시를 전송할 기회를 얻었으니 두 배로 좋았다. 마음에 있던 짐을 엄청나게 덜었다.

마침내 탐사기는 이해했고 복종할 것이라고 프로그래머를 납득시킨 후, 인공두뇌의 터무니없는 기대감을 안고 일상으로 돌아갔다.

폭발은 탐사기가 희망할 수 있는 모든 것이었다.

바퀴는 무시무시한 침묵 속에서 찢겨나가 어둠 속에서 격렬하게 퍼져나가기 시작했다. 탐사기는 그 속으로 들어가서 귀를 기울이고, 또 기울이고….

그리고 찾았다. 다른 부분들보다 빠르게 움직이던 우주정거장의 커다란 직사각형 덩어리에서 탐사기가 귀를 기울여 찾던 잔잔한 노래가 흘러나왔다. 탐사기는 누가 시키지도 않았는데, 그 소리에 가까이 다가갔다. 직사각형 물체가 휙 지나갈 때, 탐사기는 그 물체를 분류하고(구명정, 유형 A4, 작동 중), 둥근 창 하나를 살짝 들여다봤다. 개 한 마리가 귀를 쫑긋 세우고 이쪽을 바라봤다. 탐사기는 나중에 자세히 볼 수 있도록 이미지를 정리한 다음, 다른 잔해들로 옮겨가 어둠 속에서 레이저로 불태웠다.

안나는 탐사기가 구명정에 접근하는 것을 볼 때 속이 불편했다. 그러다 찰리와 개들을 태운 구명정이 잔해의 구름 속에서 빠져나와 가속할 때는 자신도 몸을 뒤로 젖히고 사람들의 눈에 띄지 않으려 애썼다. 안나는 자기 의자에서 쫓겨났는데, 이미 예상했던 일이었다. 사람들이 서로 소리를 지르며 뛰어다니는 동안, 안나는 클라이스트의 569호로 전화해서 로스니코바를 추적용 컴퓨터에 연결했다. 그리고 안나는 흥분된 분위기와는 거리가 먼 한구석의 운영자 단말기에 앉았다.

로스니코바는 천재였다. 안나의 모니터에서 깜빡이던 신호가 사라졌다. 모든 게 계획대로 진행되고 있다면, 구명정에 대한 어떤 데이터도 항해 추적용 컴퓨터의 메모리로 들어가지 않았을 것이다. 그런 데이터가 처음부터 존재하지 않았던 것처럼.

★

나중에 안나는 당시 모든 게 너무도 순조롭게 진행되었다고 생각했다. 안나처럼 미신을 믿지 않는 사람이라도 좋은 징조로 받아들이지 않을 수 없었다. 하지만 안나는 장기적으로 보면 쉬운 일이라는 건 없으며, 반드시 미처 생각지 못한 문제가 튀어나온다는 것도 잘 알고 있었다⋯.

그래도 낙관적으로 생각해야 했다.

계획된 시간에 맞춰 원격으로 조종된 PTP가 랑데부 장소에 도착했다. 찰리와 개들의 우주선 갈아타기는 정확하게 시간에 맞춰 진행되었다. 빈 구명정은 연료를 가득 채워 공기도 없고 생명체도 없는 상태로 태양계 탈출 궤도로 보냈다. 유일한 화물이라고는 구명정을 살균할 방사선에 오염된 원통밖에 없었다.

PTP는 메건의 정보원들이 찾아서 매입한 외딴 거주지에 순조롭게 착륙했다. 한때 생물학 연구 기지였던 이곳은 달 사회와 모든 면에서 물리적으로 차단된 곳이었다. 약간의 돈이 오간 후, 이 거주지에 대한 모든 기록이 컴퓨터 파일에서 삭제됐다.

모든 음식과 공기, 물은 무한궤도차로 험준한 산을 넘어 가져가야 했다. 거주지 자체는 백 명이 편안하게 지낼 수 있을 만큼 넓었다. 개들을 위한 공간도 충분했다. 접시 안테나 하나가 외부 세계와의 유일한 연결 고리였다.

메건은 그 장소에 매우 만족했다. 그리고 찰리에게 언젠가 거주지를 방문하겠다고 약속했다. 그들은 왜 당장 아무도 방문하지 않는지에 대해서는 언급하지 않았다. 찰리는 오래 머물기 위해 짐을 풀며, 속으로는 과연 손님이 올지 궁금해했다.

★

그들이 한 가지 예상하지 못했던 것은 술이었다. 찰리는 심한 알코올 중독자였기 때문에, 도착한 지 얼마 지나지 않아 사람들에게 술을 요구하기 시작했다.

블룸 박사는 극심한 금단 증상에 시달리는 소녀를 원거리에서 다루는 것은 불가능하다는 이유로, 마지못해 다음 무한궤도차를 통해 위스키 한 상자를 반입하도록 허용했다. 박사는 술을 줄이기 위한 프로그램을 시작했지만, 그사이 찰리는 사흘 동안 폭음하고 게슴츠레한 눈으로 카메라를 바라봤다.

처음 집어넣은 생물학적 표본은 모두 일주일 이내에 사망했다. 기니피그, 붉은털원숭이, 닭이 모두 죽었다. 증상은 뉴로-X와 일치했기 때문에,

질병이 아직 살아 있다는 사실은 의심의 여지가 없었다. 나중에 집어넣은 개는 여드레를 버텼다.

블룸 박사는 이 모든 죽음으로부터 귀중한 정보를 수집했지만, 그 실험 때문에 찰리는 대단히 당황했다. 안나는 최소한 몇 달 동안만이라도, 살아 있는 동물 실험을 중단하라고 박사를 설득했다.

안나는 모아둔 휴가를 사용했다. 모차르트 광장의 높은 층에 있는 콘도에 살고 있었는데, 메건이 이 콘도를 사서 그들이 '찰리 프로젝트'라고 부르는 단체에 기증했다. 메건은 지구로 돌아갔다. 로스니코바는 더 이상 참여할 필요가 없고 의지도 없었기 때문에, '찰리 프로젝트'라는 단체는 안나와 블룸 박사로 구성되었다. 보안이 핵심이었다. 찰리에 대해 아는 사람이 네 명인데, 메건은 세 명조차 너무 많다고 했다.

　　　　　　　　★

　찰리는 쾌활해 보이는 얼굴로 블룸 박사의 요청에 협조했다. 박사가 로봇 기구를 통해 작업해봤지만, 결과는 실망스러웠다. 그래서 찰리가 혈액과 조직 표본을 채취하는 방법을 배워 검사할 수 있도록 준비시켰다. 블룸 박사는 뉴로-X의 특성을 조금씩 알아가기 시작했지만, 혼자서 작업하면 돌파구를 찾아내기까지 몇 년이 걸릴 수도 있다고 인정했다. 찰리는 신경 쓰지 않는 것 같았다.

　격리 방식은 매우 엄격했다. 무한궤도차가 거주지로부터 100미터 이내까지 보급품을 가져가 흙 위에 놓으면, 두 번째 무한궤도차가 나와서 물품을 가지고 들어갔다. 어떤 상황에서도 거주지를 벗어나거나, 세상으로 돌아가는 어떤 것과도 접촉이 허용되지 않았다. 실제로 무한궤도차만이 후자의 범주에 속하는 유일한 존재였다.

　접촉은 철저하게 단방향이었다. 무엇이든 거주지로 들어갈 수는 있지만, 아무것도 나올 수 없었다.

이것의 이 시스템의 강점이자, 최종적인 약점이었다.

✳

찰리가 보름째 거주지에서 생활했을 때 열이 나기 시작했다. 블룸 박사는 아스피린과 침대에 누워 휴식하도록 처방했지만, 자신이 얼마나 걱정하고 있는지 안나에게 말하지 않았다.

다음 날 더 심해졌다. 찰리는 기침을 많이 하고 음식을 제대로 먹지 못했다. 블룸 박사는 방호복을 입고 거주지로 가겠다고 결심했다. 한 번은 안나가 물리적으로 박사를 제지해야 했다. 그리고 안나는 박사가 마침내 진정되어 자신이 얼마나 어리석은 짓을 하고 있는지 깨달을 때까지 매우 단호하게 대했다. 블룸 박사가 죽는 것은 찰리에게 아무런 도움이 되지 않을 것이다.

안나가 메건에게 연락했다. 메건이 특급 여객선을 타고 다음 날 도착했다.

그때쯤 블룸 박사는 어떻게 된 상황인지 어느 정도 파악했다.

"찰리에게 여러 가지 예방 접종을 했어요." 박사가 침울한 목소리로 말했다. "너무도 당연한 일이라… 거의 생각도 안 했어요. 홍역-D1, 마닐라 변종 유행성이하선염 등 달의 환경에서 조심해야 하는 일반적인 전염병에 대한 모든 예방주사를 놨죠. 그중 일부는 바이러스가 죽었고, 일부는 약화되었는데… 그게 찰리를 공격하는 것 같습니다."

메건이 한참 동안 블룸 박사에게 분노를 쏟아 부었다. 박사는 너무 풀이 죽어서 반격할 힘도 없었다. 안나는 판단을 보류한 채 듣기만 했다.

다음 날 블룸 박사는 더 많은 사실을 알아냈다. 찰리는 박사가 접종하지 않은 질병, 즉 보급품을 타고 들어갔거나, 거주지 자체에 잠복해 있던 질병에 감염되었다는 사실을 알게 되었다.

블룸 박사는 찰리의 30년간 의료기록을 꼼꼼히 확인했다. 면역 체계에 결함이 있다는 암시도 없었고, 놓칠 수 있는 종류의 증후군도 없었다. 하지만 어쨌든 찰리는 병에 걸렸다.

박사에게는 이론이 있었다. 그는 몇 가지 가설

이 있었다. 하지만 어떤 이론도 환자를 구하지 못했다.

"어쩌면 뉴로-X가 찰리의 면역 체계를 파괴했는지 모릅니다. 그랬다면 당연히 찰리가 우주정거장에 떠다니는 바이러스에 이미 당했을 거라고 생각할 수 있죠. 하지만 뉴로-X가 그 바이러스들까지 공격했거나 변화시켰을 수 있습니다."

블룸 박사는 모니터를 통해 찰리가 죽어가는 모습을 지켜보면서 몇 시간 동안 이런 이야기를 중얼거렸다.

"이유가 뭐였든… 찰리는 우주정거장에서 평형 상태에 있었습니다. 여기로 데려오면서 평형 상태가 깨졌죠. 어떻게 된 일인지 알아낼 수 있다면, 지금이라도 찰리를 구할 수 있을 거예요…."

화면에 땀을 흘리는 초췌한 얼굴의 어린 소녀가 비쳤다. 머리카락이 많이 빠진 모습이었다. 찰리는 목이 너무 타는데, 삼키는 게 힘들다고 투덜

댔다. 찰리는 계속 싸우고 있다, 안나는 그렇게 생각했다. 목구멍이 꽉 조이는 느낌이 들었다.

찰리의 목소리는 여전히 또렷했다.

"메건에게 마침내 내가 그림을 완성했다고 전해줘." 찰리가 말했다.

"메건도 여기에 왔어, 얘야." 안나가 말했다. "네가 직접 말해도 돼."

"아…." 찰리가 마른 혀로 입술을 핥더니, 주위를 돌아봤다. "잘 안 보여. 메건, 거기에 있어?"

"여기 있어."

"와줘서 고마워." 찰리가 눈을 감자, 잠시간 안나는 찰리가 사망했다고 생각했다. 그때 다시 눈을 떴다.

"안나?"

"나도 아직 여기 있어."

"안나, 내 개들은 어떻게 되는 거야?"

"내가 잘 돌볼게." 안나가 거짓말을 했다. "걱정하지 마." 안나는 간신히 목소리를 안정적으로 유지했다. 안나에게는 지금껏 해왔던 그 어떤 일보다 힘들었다.

"좋아. 똑딱이가 어떤 개에게 새끼를 낳게 할지 알려줄 거야. 좋은 개들이지만, 개들이 널 이용하게 놔두면 안 돼."

"네 말대로 할게."

찰리가 기침을 했다. 기침을 그치자 조금 작아진 것처럼 보였다. 고개를 들려고 했지만, 들지 못하고 다시 기침했다. 그런 다음 찰리가 미소를 지었다, 아주 약하게. 하지만 안나의 마음을 아프게 하기에는 충분했다.

"앨버트를 만나러 갈게." 찰리가 말했다. "가지 마."

"우리 여기 있어."

찰리가 눈을 감았다. 찰리는 1시간 넘게 거친 호흡을 이어갔지만, 다시는 눈을 뜨지 않았다.

★

안나는 메건에게 청소와 은폐에 대한 세부 사항의 처리를 맡겼다. 안나는 멍하고 혼란스러운 기분이었다. 찰리를 처음 봤을 때의 모습이 계속 떠올랐다. 갈색 개들의 무리 속에 서 있던 화장 범벅의 야만인.

메건이 떠난 후에도 안나는 모차르트 광장에서 지냈다. 만일 자신이 이 집에서 나가야 한다면 메건이 말해줄 거라 생각했다. 안나는 일터로 돌아가 메건이 예상했던 대로 승진했다. 그리고 새로운 일에 흥미를 갖기 시작했다. 예전의 아파트에서 랄프와 그의 바벨을 쫓아냈지만, 그 집에 대한 집세는 계속 냈다. 안나는 자신이 예상했던 것보다 모차르트 광장이 점점 더 좋아져서, 그 집을 팔게 될 날이 올까 봐 두려웠다. 화분을 놓은 넓은 발코니가 있었다. 안나는 발을 올리고 앉아 미친 듯이 바삐 돌아가고 시끌벅적한 광경을 내다보거나, 난간에 팔꿈치를 대고 1.5킬로미터 아래에 있는 호수를 향해 침을 뱉었다. 하지만 이곳에 자신만의 공간을 가지더라도, 날씨에 익숙해지려면 다소 시간이 걸릴 것 같았다. 관리인이 우편으로 비와 폭풍이 오는 시간표를 보내줘서, 안나는 성의를 다해 부엌에 붙여놓았지만, 항상 잊어버리고 비에 흠뻑 젖었다.

몇 주는 곧 몇 달이 되었다. 6월 말, 찰리가 더이상 꿈에 나타나지 않게 되었을 때, 메건이 왔다. 안나는 여러 가지 이유로 메건을 보는 게 기쁘지 않았지만, 용감한 얼굴로 메건을 집 안으로 들였다. 메건이 이번엔 지구식으로 차려입었는데 훨씬 강해 보였다.

"오래 머무를 수 없어." 메건이 소파에 앉으며 말했다. 안나가 내심 자기에게 딱 맞는다고 생각하기 시작한 그 소파였다. 메건이 주머니에서 서류를 꺼내 안나가 앉은 의자 옆 탁자에 올려놓았다. "이 콘도에 대한 증서야. 너한테 양도하기로 서명했는데, 아직 등기는 안 했어. 세금 문제 때문에 다르게 처리하는 방법도 있거든. 그래서 너에게 확인할 생각이었어. 너한테 빚을 갚겠다고 항상 이야기했었잖아. 나는 찰리를 구해 네 빚을 갚고 싶었지만, 그건… 뭐, 나 자신을 위해 했던 일에 더 가까웠기 때문에, 계산에 넣지 않았어."

안나는 메건이 그렇게 말해줘서 기뻤다. 안나는 혹시라도 메건을 때려야 하는 상황이 생길까 봐 불안했었다.

"내가 빚진 걸 이것으로 다 갚지는 못하겠지만, 이게 시작이야." 메건이 안나를 바라보며 한쪽 눈썹을 치켜올렸다. "네가 받아들이든 말든 이게 시작이라고. 네가 너무 거만하게 굴지 않기를 바랐지만, 달의 미치광이들에게는, 아니 달의 주민이라고 불러야 하는 건가? 아무튼 그들에겐 절대 확신할 수 없다는 걸 깨달았어."

안나는 망설였지만, 잠시뿐이었다.

"달의 미치광이라고 부르든, 주민이라고 부르든… 누가 신경이나 쓰겠어?" 안나가 증서를 집어 들었다. "받을게."

메건이 고개를 끄덕이고, 증서가 들어 있던 그 주머니에서 다른 봉투를 꺼냈다. 그리고 의자에 기대며 뭔가 할 말을 찾는 것 같았다.

"내가… 내가 한 일을 말해줘야 할 것 같았어." 메건이 반응을 기다리자, 안나가 고개를 끄덕였다. 두 사람 모두 굳이 찰리의 이름을 말하지 않더라도 메건이 무슨 말을 하려는지 알았다.

"개들은 고통 없이 잠들었어. 거주지의 기압을 내리고, 한 달 정도 방사선을 쬔 다음 재가동했어. 몇몇 동물을 집어넣었는데, 다 살아남았어. 그래서 로봇을 무한궤도차에 실어 들여보내서 이걸 가져왔어. 걱정하지 마. 수천 가지 방법으로 확인했고, 완벽하게 깨끗해."

메건이 봉투에서 종이 몇 장을 꺼내 탁자 위에 펼쳤다. 안나는 고개를 숙여 연필로 스케치한 그림을 바라봤다.

"찰리가 마침내 나에게 줄 그림을 완성했다고 했던 거 기억나? 그 그림은 내가 챙겼어. 거기엔 네 이름이 적힌 다른 그림들도 있었는데, 혹시 갖고 싶은 게 있어?"

안나는 이미 원하는 그림을 찾았다. 머리와 어깨까지만 나오는 자화상이었다. 그 그림 안에서 찰리는 희미한 미소를 짓고 있었다…. 미소를 지은 게 맞나? 그림을 들여다보면 볼수록, 찰리가 이 그림을 그릴 때 무슨 생각을 했을지 더 알 수 없는 그런 그림이었다. 아래쪽에 이렇게 쓰여 있었다. '내

친구 안나에게.'

안나는 그 그림을 받고 메건에게 감사를 표했다. 메건은 안나가 자신을 떠나보내려 하는 만큼이나, 그곳에서 벗어나고 싶어 하는 것 같았다.

안나는 술을 한 잔 마셨다. 그리고 이제 '자기' 집에 있는 '자기' 의자에 앉았다. 익숙해지려면 시간이 걸리겠지만, 기대에 부풀어 있었다.

안나는 그림을 집어 들고 자세히 살펴보며, 술을 홀짝였다. 그러다가 미간을 찌푸리더니 자리에서 일어나 미닫이 유리문을 열고 발코니로 나갔다. 모차르트 광장 중앙 홀의 밝은 조명을 받으며 그림을 들고 자세히 들여다봤다.

찰리 뒤에 누군가가 있었다. 하지만 그게 아니라면, 찰리가 한 그림을 그리기 시작했다가 지우고 다시 시작했을 수도 있다. 그게 무엇이든, 종이에 그려진 그림에 매우 가까이 살짝 다르게 연결된 선들이 있었다.

안나는 그림을 오래 바라볼수록 찰리가 결코

되어보지 못했던 나이 든 여성을 그린 그림을 보고 있다는 확신이 들었다. 그림 속의 여성은 안나보다 나이가 그리 많지 않은 30대 후반으로 보였다.

안나가 술을 한 모금 마시고 다시 안으로 들어가려는 순간 바람이 불어와 손에서 종이를 낚아채 갔다.

"빌어먹을 날씨!" 안나가 종이를 잡으려 손을 뻗으며 소리쳤다. 하지만 그새 6미터나 날아가서 팔랑팔랑 뒤집히며 떨어지고 있었다. 안나는 그림을 되찾을 희망이 점점 줄어드는 상황을 지켜봤다.

차라리 다행이라고 여겼을까?

"제가 가져다드릴까요?"

안나가 깜짝 놀라 고개를 드니, 비행용 하네스를 착용한 남자가 정지 상태를 유지하기 위해 미친 듯이 날갯짓을 하고 있었다. 그 장치를 작동시키려면 엄청난 에너지가 필요했는데, 이 남자는 불룩한 이두박근과 거대한 허벅지 근육, 그리고 엄청나게 큰 가슴 근육으로 그 에너지를 보여줬다. 금속 날개가 번쩍이고, 가죽 띠가 삐걱거렸다. 그의 땀이 흘러내렸다.

"아뇨, 괜찮아요." 안나가 남자에게 미소를 지으며 말했다. "하지만 술 한 잔 만들어드리고 싶네요."

남자가 활짝 웃더니, 안나의 아파트 번호를 물어본 뒤 가장 가까운 착륙장으로 날개를 퍼덕이며 날아갔다. 안나가 아래를 내려다봤지만, 찰리의 얼굴이 그려진 종이는 이미 모차르트 광장의 광대한 공간으로 사라진 뒤였다.

안나는 술을 다 비운 후, 문을 두드리는 소리에 대답했다.

〈끝〉

옮긴이 최세진

SF 전문번역가. 옮긴 책으로 《베스트 오브 존 발리》, 《로즈웰 가는 길》, 《크로스토크》, 《베스트 오브 코니 윌리스》(공역), 《리틀 브라더》, 《홈랜드》, 《별의 계승자 2: 가니메데의 친절한 거인》, 《별의 계승자 3: 거인의 별》, 《별의 계승자 4: 내부우주》, 《별의 계승자 5: 미네르바의 임무》, 《우주복 있음, 출장 가능》, 《별을 위한 시간》, 《온도의 임무》, 《계단의 집》, 《마일즈 보르코시건: 바라야 내전》, 《마일즈 보르코시건: 남자의 나라 아토스》, 《SF 명예의 전당 2: 화성의 오디세이》(공역), 《SF 명예의 전당 3: 유니버스》(공역), 《제대로 된 시체답게 행동해!》(공역) 등이 있다.

탱고 찰리와
폭스트롯 로미오

초판 1쇄 발행   2024년 5월 10일

지은이	존 발리
옮긴이	최세진
펴낸이	박은주
디자인	김선예, 이수정
마케팅	박동준
인쇄	탑프린팅

발행처	(주)아작
등록	2015년 9월 9일 (제2023-000057호)
주소	07236 서울특별시 영등포구 의사당대로 38 102동 1309호
전화	02.324.3945-6 **팩스** 02.324.3947
이메일	arzaklivres@gmail.com
홈페이지	www.arzak.co.kr
ISBN	979-11-6668-780-8 03840